ro
ro
ro

Rocko Schamoni hat seit 1988 sieben Alben veröffentlicht, über 1000 Live-Auftritte absolviert, für 3Sat produziert, bei Viva2 moderiert, außerdem betreibt er den Golden Pudel Klub. Sein erstes Buch, «Risiko des Ruhms» (rororo 22553), schlug «im Literaturbetrieb ein wie ein Blitz in eine nasse Kuh auf einer holsteinischen Weide» *(jetzt)*. Der Autor selbst beschreibt sich so: «Betont unkäuflich, romantischer Dissident mit Sex Appeal, interessante Einstellung, Hang zum Grüblerischen, Marke: Jeanstyp mit Monokel.»

Rocko Schamoni

Dorfpunks

Roman

Rowohlt Taschenbuch Verlag

10. Auflage Februar 2009

Veröffentlicht im Rowohlt Taschenbuch Verlag,
Reinbek bei Hamburg, November 2005
Dieser Titel erschien erstmalig im Juni 2004
bei Rowohlt Paperback

Umschlaggestaltung any.way, Cordula Schmidt/Notburga Stelzer
(© Foto: Andrea Rothaug/Corbis)
Satz Pinkuin Satz und Datentechnik, Berlin
Druck und Bindung Druckerei C. H. Beck, Nördlingen
Printed in Germany
ISBN 978 3 499 24116 1

Inhalt

SH-Punk

Ich war Roddy Dangerblood. Bis ich 19 war.

Dann wurde ich zu Rocko Schamoni.

Vor alldem hatte ich einen ganz normalen bürgerlichen Namen. Das ist schon so lange her, dass er mir fast entfallen ist. Nur wenn der Staat mich in Form irgendeiner Behörde herbeizitiert und nicht begreift, dass ich einen neuen, cooleren Namen habe, muss ich mir diese abgestoßene Haut wieder überziehen. Seltsam, von Fremden mit einem Namen angesprochen zu werden, mit dem mich meine Eltern das letzte Mal riefen, als ich noch Teenager war. Ich bin dann jedes Mal um mein Erwachsensein beraubt, um einen Großteil meiner Geschichte, sitze auf dem Amt als alter Jugendlicher. Das sind Wurmlöcher durch die Zeit. Gegraben von nichts ahnenden Beamten. Aber ich verrate ihnen nichts davon, sie sollen keine Macht über mich haben.

Ich komme von der Ostsee, ich war SH-Punk. SH steht für Schleswig-Holstein. Dies ist eine Geschichte von Ufern. An die Wellen schlugen. Sie kamen aus England, breiteten sich dort sehr schnell aus, sprangen aufs Festland über, setzten die Großstädte unter Wasser und flossen von dort aus weiter, um später in der Provinz zu verebben. Jahre später. 1975 in England ausgebrochen, 1981 bei uns verebbt. In uns. Ein Jugendtsunami.

Und es ist eine Geschichte von verschiedenen Wegen, erwachsen zu werden. Von Wegen, die die Zeit für uns bereithielt. Ich konnte es mir gar nicht anders aussuchen. Das Schicksal hatte bestimmt, dass ich Punk werden sollte. Niemand Geringeres als das Schicksal.

Ganz grob gesehen besteht mein Leben aus zwei Teilen.

Aus meiner Kindheit und dem Rest.

Der Rest begann, als ich circa zwölf Jahre alt war.

Davor war meiner Erinnerung nach alles in Ordnung, irgendwie alles normal. Ich war ganz in der Welt, ich sah mich nicht getrennt, reflektierte nicht über sie, nahm sie, wie sie war, freute mich über das meiste, benutzte zur Kommunikation die Sprache, mit der ich aufgewachsen war, die man mir beigebracht hatte. Eine ziemlich ideale Welt. Eine Zen-Welt. Eine Welt in Watte.

Dann aß ich vom Baum der Erkenntnis und wurde aus dem Paradies vertrieben.

Schmalenstedt, schöner sterbender Schwan

1976 in Norddeutschland, genauer gesagt: Schmalenstedt an der Ostsee. Fünftausend Einwohner, CDU-regiert, nächste größere Stadt: Kiel. Viel Wald, Bäche, Seen, Hügel, eine Endmoränenlandschaft, geformt in der Eiszeit. Man nennt es die Holsteinische Schweiz, idyllisch, relativ unberührte Natur, das meiste Land in Adelshand. Und totaler Totentanz.

Es gab eine Kooperative Gesamtschule mit 1600 Schülern. Ein großes Einkaufszentrum, ein paar Kneipen, Restaurants und eine Disco: Meier's. Ansonsten war Schmalenstedt eine sterbende Stadt.

Meine Eltern hatten sich für relativ wenig Geld ein altes Bauernhaus in einem Vorort Schmalenstedts gekauft, einem Dorf mit vielleicht dreihundert Einwohnern. Kleine Häuser, Vorgärten, Deutschlandfahnen (heute gepaart mit Ferrari-Motiven), Garagen, niedrige Hecken. Und sieben aktive Bauernhöfe.

Das Haus war schön, groß und alt, von 1877, ziemlich renovierungsbedürftig, umgeben von einem 2000 Quadratmeter großen Grundstück mit Obstbäumen, das total verwildert vor sich hin wucherte. Es lag an einem Hang mit Aussicht auf das Dosautal, eines der letzten Urstromtäler Norddeutschlands, in der Mitte ein kleiner Fluss, die Dosau eben. Auf der anderen Talseite ein säumender Wald, den ich später als den Geisterwald kennen lernen sollte.

Am Anfang war es wunderbar für mich und meinen Bruder, das alte Haus zu erforschen, Dachböden und Abseiten zu entdecken, Verstecke, Dinge, die der Vormieter vergessen oder verloren hatte. Es roch nach Staub und alten, tragischen Geschichten, Geschichten vom Verlust des Eigenheims. Immer wieder eingemauerte Rechnungen. Wenn mein Vater eine Wand einriss, fand sich oft eine eingemauerte Rechnung darin. Darüber mussten wir dann jedes Mal wieder lachen. Gute Idee, Rechnungen einzumauern, wenn man kein Geld hat. Fanden wir.

Mein Bruder und ich bekamen gegenüberliegende Zimmer im oberen Stockwerk des Hauses, nah genug, um in einem ständig schwelenden Kriegszustand zu verweilen, der meistens so aussah, dass er als der Jüngere mir damit drohte, von mir begangene Untaten bei meinen Eltern zu verpetzen. Dafür drohte ich damit, ihm seine Lieblingsgegenstände zu klauen. Ich entwickelte ein geradezu mafioses geheimes Drohsystem, indem ich im Fall einer bevorstehenden Verpetzung einfach nur ganz kurz meine Hand hob und ihm eine bestimmte Anzahl von Fingern zeigte. Diese Anzahl bezog sich auf die – meiner Meinung nach – angemessene Anzahl der Dinge, die ich ihm klauen würde, wenn er zu reden wagte.

Treppengepolter, vier Füße in rasendem Lauf Richtung Wohnzimmer, Türenknallen, meine Mutter fährt erschreckt herum, ihr langes Haar fliegt in der Luft.

Mein Bruder: Mama, Mama, der (auf mich zeigend) war in deinem Arbeitszimmer und hat die Farben geklaut.

Mama: Waas?

Ich: Ich war da nicht drin, das war schon ... (Finsterer Blick auf meinen Bruder, dann die Aufmerksamkeit meiner Mutter auf etwas anderes lenkend:) Mama, was ist das da für ein Buch (aufs Regal zeigend)?

Mutter blickt verwirrt zum Regal. In der Zeit hebe ich die Hand ein wenig und spreize drei Finger in Richtung meines Bruders, der erbleicht.

Mama: Was ist denn hier –

Mein Bruder: Mama, er hat mir drei Finger gezeigt!

Mama: Na und? Was ist denn hier –

Mein Bruder: Das heißt, dass er mir drei Sachen klauen will.

Mama: Ja, aber warum denn, du (zu mir), stimmt das?

Ich: Nein, warum denn, ich hab doch gar nichts gesagt.

Mama: Ja, dann lasst mich jetzt in Ruhe, ich habe keine Lust auf eure Streitereien.

Ich: Okay.

Mein Bruder: Aber …

In einem unbemerkten Moment ging ich dann nach oben und klaute ihm die Gegenstände, die er am schmerzlichsten vermissen würde. Er konnte es mir nie nachweisen.

Heiligabend schenkte ich ihm alles wieder, und er hasste mich dafür. Ich Schwein. Aber er spielte die Rolle des Jüngeren so geschickt aus, dass ich mich nicht anders zu wehren wusste. Hätt ich's anders machen können, hätt ich's auch anders gemacht. Sage ich zu meiner Verteidigung.

Erste Amtshandlung: Reinkommen in die Dorfszene

Wir waren fremd im Dorf, und wir mussten da erst mal reinkommen. Das dauerte lange. Zuerst hielten mein Bruder und ich an unseren alten Freundschaften fest und fuhren, sooft wir konnten, nach Schmalenstedt in die Nähe unserer ehemaligen Wohnung. Das war auf Dauer allerdings zu anstrengend. Außerdem lockte das Dorf mit eigenen Reizen, wie ich bald entdecken sollte. Das Dorf riecht.

Irgendwann erschien ein Junge auf unserem Grundstück, der sich uns als Achim Dose vorstellte. Achim war blond, sportlich, neugierig, mutig, forsch, ein richtiger Dorfrotzbengel, und er wollte sehen, was für Leute hier eingezogen waren, in das große, alte, leer stehende Haus am Hang.

Der Rest des Dorfs verhielt sich desinteressiert bis abweisend. So schnell wird man nicht in eine norddeutsche Dorfgemeinschaft aufgenommen. Dafür bedarf es oft eines jahrelangen Abgleichens politischer und kultureller Werte. Dafür muss man gemeinsam viel Alkohol trinken. Dafür muss man im Schützenverein, in der Feuerwehr und im Fußballverein sein, sonst läuft da erst mal gar nichts. Anders sein war nicht angesagt. Aber all das kam für meine Eltern nicht in Frage. Sie waren Lehrer. Also standen wir draußen. Die ganze Familie. Obwohl ich bereit gewesen wäre, den ganzen Schnickschnack mitzumachen. Ich wollte dabei sein.

Achim hatte keine Berührungsprobleme, er nahm mich mit ins Niederdorf. Unser Dorf liegt auf zwei Ebenen, und im unteren Teil des Dorfes wohnte ein Großteil der Dorfjugend, auch Achim mitsamt seinen Eltern und seinen acht Geschwistern. Er war genauso alt wie ich.

Es dauerte lange, bis mich die anderen Dorfjungs akzeptierten, ich musste durch ein Spalier der Demütigungen und mich körperlichen Herausforderungen stellen. Ohne mindestens eine

Prügelei mit einem von ihnen hätten sie mich nie akzeptiert. Die Aufnahmezeremonien unter Jungs haben immer mit Gewalt zu tun. Gewalt erzeugt Respekt, ohne Gewalt brauchst du gar nicht erst wiederzukommen. Beim nächsten Mal: Bring Gewalt mit.

Und du weißt als Junge: Anders geht's nicht, ich muss mich dem stellen, das ist die Welt, in der ich leben muss. Das ist ein beschissenes Gefühl.

Ich prügelte mich mit Bolle, einem kräftigen Typen, der am lautstärksten dafür gewesen war, mich sofort aus dem Dorf zu schmeißen. Er stand auf dem erhöhten Grundstück der Scharnbecks und schrie mich über die niedrige Hecke an. Es war Sommer, das Bild strahlt in mir in leuchtenden Farben. Er schrie, dass wir uns verpissen sollten, wir hätten hier nichts zu sagen, wir gehörten nicht dazu. Die Menschen auf der sommerlichen Dorfstraße schauten uns interessiert zu. Ein kleines gesellschaftliches Ereignis. Mal sehen, ob der Neue was zu bieten hat, nach unseren Regeln. Viele Leute waren da. In mir schäumten Verzweiflung und Wut, ich wusste, dass ich nicht kneifen konnte. Er sprang mich an. Wir prügelten uns ohne Fäuste, rissen an den Klamotten des anderen, wälzten uns am Boden, scheuerten uns auf, spuckten Sand. Ich weiß nicht mehr, wer gewonnen hat. Obwohl ich betonen möchte, dass ich damals schon sehr stark war. Deshalb vermute ich, dass ich gewonnen habe. Ja, jetzt fällt es mir wieder ein: Ich war der Sieger.

Erst nach diesem bestandenen Kampf gab es so etwas wie ein Bleiberecht für uns.

Respekt schaffen durch moderne Waffen

Ich konnte meinen erkämpften Platz relativ gut behaupten, da ich ein großer Waffenliebhaber war. Ich besaß eine stattliche Anzahl an Messern, eine Machete, Pfeil und Bogen, eine selbst gebaute Armbrust, und mein Trumpf war ein Morgenstern, bestehend aus einem dicken Ast, einer Kette und einer Metallkugel am Ende. Als mein Bruder eines Tages nach Hause kam und mir erzählte, dass die Scharnbeck-Brüder ihn mit Pfeilen beschossen hätten, brauchte ich nur die Mitte der Dorfstraße herunterzugehen und den Morgenstern hinter mir lasziv auf dem Pflaster schlorren zu lassen. Die Situation war ohne Einsatz der Waffe sofort bereinigt, ich hatte waffenmäßig gepeakt. Fett.

Während meine Eltern tagsüber arbeiteten und ihre gesamte Freizeit der Renovierung des Hauses widmeten, streunte ich mit den Jungs durch die Wälder und Kieskuhlen. Wir verbrachten einen großen Teil der Nachmittage damit, Krieg zu spielen, entweder Cowboy gegen Cowboy (Indianer waren verpönt, weil sie angeblich keine Feuerwaffen besaßen) oder richtigen Soldatenkrieg.

Angeheizt wurde unsere Phantasie durch die Manöverübungen, die amerikanische Soldaten bei uns im Dorf und auf den umliegenden Feldern abhielten. Sie gruben sich dort tagelang ein und schossen auf Bekannte gleicher Nationalität mit andersfarbigen Armbinden.

Sie waren genau wie wir drauf. Bloß schon erwachsen.

Manchmal klaute ich meiner Mutter Geld, um Mars oder Raider einzukaufen und damit zu den Soldaten zu gehen. Sie lagen unter Tarnnetzen verdeckt, halb eingegraben bei Bauer Schopp unterm Knick, und spielten Krieg, aber wenn wir mit unserem Süßkram kamen, hörte der Krieg sofort auf. Im Gegenzug bekamen wir von ihnen Patronenhülsen und manchmal sogar ganze leer geschossene Patronengurte.

Wer so einen Patronengurt besaß, der hatte es geschafft. Sie waren der Gipfel der Echtheit, rochen nach Krieg, sahen unglaublich martialisch aus. Wie in den Filmen, die wir heimlich sahen. Vor meiner Mutter musste ich all das sorgfältig verstecken. Sie verachtete meinen Hang zum Militarismus und zur Gewalt. Mit so einem Patronengurt, einem gefundenen Helm und den üblichen Spielzeugwaffen im Knick zu liegen und vorbeifahrende Autofahrer abzuknallen war etwas Wunderbares, Erfüllendes. Natürlich hätten wir so etwas nie wirklich gemacht, das ist ja wohl klar.

Ich musste mir in meiner Jugend bestimmt acht Paar Chakus bauen, die ich aus Besenstielen bastelte, überzogen mit Metallabflussrohren und verbunden mit Ketten oder Seilstücken. Wenn ich diese Prachtstücke irgendwo nach meinen stundenlangen Bruce-Lee-Übungen (unter den Armen durch, über Kreuz über den Rücken, mit ausgestrecktem Arm wirbeln usw.) bei uns im Haus liegen ließ, waren sie am nächsten Morgen auf Nimmerwiedersehen verschwunden.

Meine Mutter leugnete jedes Mal diesen pazifistischen Diebstahl. Ich war sehr wütend, konnte ihr aber nichts nachweisen.

Also entwickelte ich immer bessere Verstecke, vor allem, als meine Waffen langsam wertvoller wurden. Damit meine ich Wurfmesser, Luftpistolen und selbst gemischtes Schwarzpulver (ein Pfund Unkraut-Ex, ein Pfund Zucker und ein Teelöffel Schwefel – gut verrühren, fertig ist der Sprengstoff). Denn wenn ich unvorsichtig war, klaute meine Mutter alles, und ich musste mir wiederum Geld von ihr klauen, um nachzurüsten. Da biss sich bei uns die Katze in den Schwanz, es war ein Teufelskreis.

Dieser Hang zur Gewalt sollte später übrigens zur idealen Grundausstattung für die Punkwerdung gehören.

Als wir unsere ersten Luftfeuerwaffen besaßen, war unserer Brutalität keine Grenze mehr gesetzt. Wir zogen in kleinen

Gruppen durch die Gegend und schossen auf alles, was nicht bewaffnet war. Also quasi auf alles. Bis auf Menschen.

Es gab hinter dem Dorf einen kleinen versteckten Teich, an dem Checker, Dule, Achim und ich uns eines Sommernachmittags trafen. Checker war einer der coolsten Typen im Dorf, er war der Sohn des Elektromeisters, trug weite, schwarze Glockenjeans und war schon früh im Stimmbruch. Er strahlte eine große Souveränität aus, und man war stolz, wenn er seine Zeit mit einem verbrachte.

Am Teich war ein Anhänger als Jäger- oder Anglerunterkunft abgestellt. Mit einem Messer ritzten wir menschliche Umrisse in das lackierte Blech und exekutierten diese Gestalt anschließend hundertfach mit Diabolos, das waren so kleine eierbecherförmige Bleigeschosse. Checker hatte eine neue Luftpistole mit Drehmagazin, die man nicht nachladen musste, sie machte bestimmt hundert Schuss am Stück. Ich besaß eine Milbro G2, die billigste Luftpistole, die es damals zu kaufen gab, sie kostete 18 Mark 50 inklusive 500 Diabolos und fünf Reinigungspfeilen.

Als uns das Schießen auf den Anhänger zu langweilig wurde, sahen wir uns nach anderen Zielen um. Wir wurden auf ein paar in der Nähe weidende Kühe aufmerksam, und uns fiel auf, wie ideal die weißen Flecken als Schussziele taugen würden. Aber um unsere Treffer nachweisen zu können, mussten wir die Reinigungspfeile verwenden, denn sie hatten bunte Federn am Ende und würden nicht im Fleisch verschwinden, sondern gut sichtbar draußen stecken bleiben. Ich suchte mir eine Kuh aus, deren weißer Fleck entfernt einem menschlichen Umriss ähnelte. Langsam trottete der weiße Felltyp auf der Kuh über die Wiese. Ich versuchte, ihn am Kopf zu treffen, der gleichzeitig der Hintern der Kuh war. Ich erwischte ihn voll, und die Kuh machte einen Riesensatz, direkt in den Strom führenden Weidezaun. Das sah lustig aus. Leider konnten wir nicht alle Pfeile verschießen, denn im Affentempo kam ein Ford Granada den

Feldweg zum See runtergeheizt. In ihm saß der Besitzer der Kühe, Bauer Erich Stolpe.

(Welches ist der schwulste Name der Welt: Erich – vorne er und hinten ich ... ham wir gelacht.) Obwohl er uns eindeutig erkannt hatte, flüchteten wir durch sein Kornfeld, trampelten die Ähren um und versteckten uns stundenlang irgendwo im Wald. Unsere Schießübungen wurden nie geahndet, was einzig und allein damit zusammenhängen konnte, dass Bauer Erich ein okayer Typ war und in seiner Jugend wohl ähnliche Sünden begangen hatte.

Das Schwarzpulver hatte ich mit Joachim Becker, Sohn eines Chemikers und selbst auch Chemiegenie, hergestellt. Wir füllten es in kleine Briefchen zu fünf Gramm ab und verkauften es nach der Schule an der Bushaltestelle. Wenn man es anzündete, verbrannte es sprühend und erzeugte stinkenden Qualm. Die Fahrer fluchten, wenn wir das Zeug vor ihren Bussen losließen. Die Haltestelle sah oft aus wie ein Kriegsschauplatz, dunkle Wolken stiegen auf. Man konnte das Pulver aber auch in Zeitungspapier einrollen und daraus Dynamitstangen basteln. Schon am dritten Tag – unser Handel war schwunghaft angelaufen – wurde ich mit circa zehn Briefchen erwischt und unserem Direx vorgeführt. Er hielt mir eine zwanzigminütige Standpauke über die Gefährlichkeit unserer Knallerei und drohte mir mit Schulausschluss, falls ich mich nochmals erwischen lassen sollte. Mein Vater, der an der Schule unterrichtete, bekam nichts mit. Zum Glück.

Wir stellten die Produktion ein, und die Freundschaft zwischen Joachim und mir, die stark von unserem geschäftlichen Verhältnis abhängig gewesen war, verdorrte.

Mein Waffenfetischismus muss etwas mit meinem Wunsch nach Härte zu tun gehabt haben. Ich wollte hart sein, hart wie Rocker oder Berg-und-Tal-Bahn-Kassierer (die, die immer aufsprangen und mitfuhren, um die Chips zu kassieren), oder wie Disco-Acer mit dünnem Oberlippenbart, Röhrenjeans und Mittelscheitel.

Alle Dorfjungs wollten gerne hart sein. Wer nicht als hart galt, konnte nicht mitreden. Jede Verletzung kam einem Orden gleich; je mehr man aufweisen konnte oder je schlimmer sie waren, desto mehr Ansehen brachten sie einem bei den anderen.

Der Magier

Eines Tages tauchte John Scholl bei uns auf. Er war ein Künstler, den meine Eltern in Guatemala kennen gelernt hatten, wo er mit seiner Frau und seinen Kindern viele Jahre gelebt und gearbeitet hatte. Ein besessener Maler, der alles, was er berührte, sofort mit einer Schicht Farbe überzog. Er schleppte riesige etymologische Wörterbücher und Dialektatlanten mit sich herum und referierte ständig über die Bedeutung von Wörtern. Er kannte sich mit Sprachen wirklich aus. Wenn ich ihn in seinem Zimmer neben unserer Diele besuchte, erklärte er mir konspirativ, woher das Schlechte in der Welt kam.

Er: DOG-GOD, DOG-GOD. Gott ist ein Hund. Die Familie ist der Urquell alles Schlechten, hier wird das Gute, Freie im Menschen verschüttet, hier wird der Mensch an den Leviathan gefesselt. Lass deinen Hass zu, mein Junge, pflege deinen Hass, er ist nicht nur ein negatives Gefühl, sondern auch ein unendlicher Energiequell. Nutze diese Energie für dich, setze sie konstruktiv ein, dein Hass unterscheidet dich von den anderen.

Ich: Aha, wie meinen Sie das denn?

Er: Du sollst ihnen nicht glauben. Du musst die Bedeutung der Wörter lernen. Ich sehe, dass du anders bist als die anderen, du siehst nicht aus wie sie.

Ich: Ja, ich steh auf AC/DC.

Er: Hä?

Ich: AC/DC und KISS. Das sind die derbsten Hardrockbands. Die spielen die voll geilen Solos. Die sind auch anders als die anderen. Da kriegt man voll den Hass von.

Er: Kenn ich nicht. Du musst jedenfalls auf die Stimmen hören. Keiner darf dich zu irgendwas zwingen. Diese Welt ist bereits kaputt, lass nicht zu, dass sie dich berührt. Flieh aus der Familie, such die Freiheit im Verstand, du musst –

Ich: Okay, mach ich, alles klar, also erst mal denn … also tschüs, nä …

Ich wusste nicht genau, was er von mir wollte. Er kam mir ein wenig überspiritualisiert vor, aber irgendwie imponierte er mir auch. Er strahlte ein sonderbares inneres Glühen aus, und etwas von dem Hunger nach Worten und deren Bedeutung habe ich von ihm übernommen. Später erfuhr ich, dass er viel mit Drogen experimentierte, und ich ärgerte mich, davon nicht früher erfahren zu haben.

Er hatte auch eine Tochter, die er dem Volk der Inka zu Ehren Inka genannt hatte. Auch sie nahm gerne Drogen, und zwar so gerne, dass sie Probleme damit bekam. Nachdem John uns verlassen hatte, bat er meine Eltern eines Tages, Inka für einige Zeit bei uns aufzunehmen, sie wolle freiwillig entziehen und müsse aus diesem Grund unbedingt von der Großstadt fern gehalten werden. Wegen welcher Drogen genau sie entziehen musste, weiß ich nicht mehr, ich glaube aber, dass sie auf allen möglichen Sachen rumgondelte. Auf jeden Fall hatte sie Gelbsucht.

Inka war eine Spitzentype, und mein Bruder und ich verstanden uns blendend mit ihr. Sie war nicht allzu groß, ein bisschen stämmig und hatte leicht indianische Züge, da ihre Mutter aus Guatemala stammte. Sie war sehr lustig, und wir konnten uns vorzüglich gegenseitig nerven. Mit meiner Mutter zusammen bemalte sie Bauernmöbel und Türblätter mit paradiesischen Szenerien. Also eigentlich immer wieder mit demselben Motiv, Adam und Eva vor dem Baum der Erkenntnis. Eva hielt den Apfel in der Hand, und Adam hatte ein grotesk großes Geschlechtsteil. Auf allen Bildern. Auf Bauernmöbeln. Vielleicht war das ja Ausdruck ihrer Einsamkeit und Sehnsucht. Während die Erwachsenen das Motiv als «total natürlich» bezeichneten, fand ich es irgendwie säuisch, was Freunde und Bekannte meiner Eltern aber nicht davon abhielt, ihre Resthöfe ebenfalls mit paradiesischen Schwanzbildern zu versehen.

Natürlich hielt Inka ihren Drogenentzug nur kurz durch, bald dachte sie sich Tricks aus, wie sie die sacklangweilige Zeit auf dem Dorf besser bewältigen konnte. Sie bekam regelmäßig Post aus Hamburg von ihren Hippiefreunden. Irgendwann kam sie auf die Idee, sich einfach auf diesem Weg mit Trips versorgen zu lassen, und von da an kamen mit jedem Brief einige kleine Blättchen Löschpapier, die mit Lysergsäurediäthylamid getränkt waren, unbemerkt zu uns in Haus geflattert. Abends ging Inka auf große Reise. Wir bekamen davon nichts mit, dabei war ihr manchmal jäh erwachendes geierhaftes Interesse an Süßigkeiten ein deutliches Zeichen, aber davon wussten ich und mein Bruder nichts. Wir versorgten sie mit Mars und Raider, für uns ebenfalls braunes Gold. Dann hing sie in ihrem Zimmer stundenlang mit schrägen Augen auf dem Bett rum und hörte Kraftwerk. Das mochte sie gerne. Sie behauptete, zur Kraftwerk-Clique zu gehören und sogar bei denen gewohnt zu haben. Ständig spielte sie mir deren Platten vor. Eines Nachts kam Inka nach Einnahme ihres Löschpapiers auf einen Horrortrip. Meine Eltern waren nicht da, sie waren ausgegangen. Inka verwandelte sich in verschiedene Tiere. Die ganze Nacht krabbelte sie auf allen vieren durch das riesige Bauernhaus, miaute und bellte und muhte. Sie hatte vergessen, wer sie war, und durchwanderte nun die verschiedensten Tierformen auf der Suche nach sich selbst. Niemand konnte ihr helfen, denn außer uns war niemand da. Um neun gehen bei uns im Dorf die Lichter aus, da ist dann nix mehr von wegen: «Hilfe, wer bin ich? Bin ich eine Katze oder eine Kuh? Können Sie mir helfen, mich zu finden?» Und was sollten mein Bruder und ich von einer meckernden Ziege halten, die sich ins Badezimmer verirrt hatte? Inka brauchte viele Stunden, erst im Morgengrauen fand sie zu sich selbst zurück und kroch erschöpft ins Bett.

Mein Vater bekam ihre Abflüge irgendwann mit, und eines Tages stellte er sie in ihrem schielenden Zustand zur Rede. Daraufhin rückte sie freiwillig ihre Reserven raus, und er schmiss sie ins Klo. Das tat ihr sehr weh. Nach einem Jahr verließ uns Inka, sehr zu unserem Bedauern, um wieder nach Guatemala zu gehen.

Im Bauch einer Pyramide der Jugend

Achim hatte sich einen Job bei Bauer Nold geangelt und half dort jeden Tag. Er durfte Trecker fahren, die Kühe ausmisten, die Schweine treiben, und er bekam seinen Lohn in qualmender Währung ausgezahlt: HBs (Hitlers Beste, wie unter vorgehaltener Hand gefeixt wurde). Manchmal auch fünf Mark. Er war der zugelaufene Wunschsohn der Familie, denn der Bauer hatte nur eine Tochter.

Ich beneidete ihn. Ich fand das so cool: richtig arbeiten, mit echten Tieren umgehen, Maschinen führen, rauchen. Achim bot mir an, auch für mich eine Stelle zu besorgen. Bauer Nold sagte nur zögernd zu, er traute der Lehrerbrut nicht.

Ich kam jeden Tag, schuftete für zwei und tat alles, um bäuerlich anerkannt zu werden. Ich mistete den Kuhstall aus, häckselte die Rüben für die Kühe, wendete die Silage, packte Strohkloppen, trieb die Schweine und Hühner.

Irgendwann durfte ich das erste Mal den Mister fahren, einen schmalen kleinen Trecker mit Hydraulikschaufel, der in die engen Gänge der Kuhställe passte. Ich war unglaublich stolz, die verantwortungsvolle Millimeterarbeit des Mistrauskarrens ausführen zu dürfen. Achim brachte mir alles bei. Ich war ein guter Mister.

Wenn der Bauer Mittagsstunde machte, verzogen wir uns in Höhlen, die wir im gigantischen Heuboden gebaut hatten. Zu denen führten enge Gänge durch das Heu, durch die man auf allen vieren kriechen musste und die nur wir kannten. Kein Erwachsener kam je dorthin, niemand wusste davon. Es waren geheime Kammern in der Pyramide der Jugend. Sicherer konnte man auf der Welt nicht sein, als wenn man durch die spärlich beleuchteten Fellgänge gekrochen war und in die weiche Grabkammer gelangte. Es roch muffig nach Heu, und in den Sonnenstrahlen, die durch die kleine Dachluke einfielen, konnten wir die Millionen Staubpartikel sehen, die wir einatmen mussten. Alle Jungs, die auf dem Hof arbeiteten, kannten diese Geheimzone und kamen ab und zu mit. Aber Achim und ich waren die Pharaonen. Wir hockten in der Kammer, redeten und rauchten. Mittendrin im trockenen Heu. Es ist nie was passiert, komischerweise.

Bauer Nold hatte einen Vater, der die graue Eminenz des Hofes war. Wir nannten ihn nur den «Alten». Er konnte es nicht lassen, sich in alles einzumischen und in allem Recht zu haben. Wie ein alter, dicker Napoleon stolzierte er über den Hof und gab Befehle. Wenn er auftauchte, hieß es schleunigst abtauchen, um nicht sofort verdienstet zu werden. Zum Steinesammeln tuckerte der Alte mit mir und Achim auf einem alten Fahrtrecker auf den Acker. Wir saßen hinten auf dem Hänger. Am Ziel angekommen, fuhr er den Trecker langsam über die morastige Erde und zeigte mit seinem Krückstock auf die Brocken und Findlinge, die wir zum Hänger schleppen sollten. «Hoch die Nuss», pflegte er zu sagen. Er schliff uns, bis uns die Zunge aus dem Hals hing. Das mochte er gerne. Wenn der Hänger voll war, ging's zurück zum Hof. Einmal schnappte sich Achim während der Rückfahrt heimlich den Stock des Alten, den dieser hinter den Fahrerstuhl geklemmt hatte. Vorsichtig schob Achim den Stock von hinten unter dem dicken Schenkel des Alten und dessen rechtem Fuß bis zum Gaspedal und drückte dies unvermittelt voll durch. Das schepprige Gefährt machte einen Satz und röhrte dann mit qualmenden vierzig Stundenkilometern ins Dorf hinein. Der Alte fing an, panisch zu werden, und schrie sinnlose Befehle in die Gegend, die in diesem Fall keiner ausführen konnte. Der Schweiß rann ihm den dicken Nacken runter, er strampelte und versuchte, das vermeintlich verklemmte Gaspedal zu lösen. Achims Trick durchschaute er nicht, denn wie bei vielen alten Traktoren war der Auspuff auf der Motorhaube angebracht, und so saß der Alte in einer Fahne aus Qualm, den die geschundene Maschine ausstieß. Mit wedelnden Bewegungen versuchte er, sich Sicht zu verschaffen und die Fußgänger, die ihn verwundert anstarrten, von der Straße zu treiben. Was war denn in den gefahren? Kurz vor der scharfen Kurve der Einfahrt geriet er vollends in Panik und schrie uns zu, wir sollten abspringen. Im letzten Moment nahm Achim den Stock vom Gas, und das schwerfällige Vehikel schrammte mit knapper Not an der Mauer der Einfahrt vorbei. Der Alte spuckte Rotz und Wasser vor Wut auf den untreuen Trecker und ließ uns als unerwartete Reaktion in einem ersten Befehlshagel das gesamte Gefährt durchölen. Wir bezahlten den Preis murrend, erfreuten uns dafür aber später der schönen Erinnerung an die wilde Fahrt.

An den Kühen konnten wir unsere Naturliebe genauso abreagieren wie unsere Gewaltphantasien. Wir fanden es sehr interessant, die Bullen von hinten mit der Forke in die Eier zu piken. Sie waren angekettet und konnten nicht weg. Sie brüllten und zogen an den Ketten, während wir in Loslaufstellung verharrten. Die Hühner schlugen wir mit den Mistforken um, dass sie ohnmächtig wurden und minutenlang nur noch torkeln konnten. Aber eigentlich liebten wir die Tiere. Es waren Tests. Lebenstests. Wer so was nicht brachte, war nicht cool in der Dorfjungsszene. Dafür einen Orden der Gewalt.

Wir rotzten den ganzen Tag, und ab und zu rauchten wir HBs hinter Beckmanns Kuhstall. Beckmann war der zweite Bauer am Hof, es war ein Zwillingsgehöft, bei dem sich die Bauernhäuser gegenüberstanden. In der Mitte war ein großer Platz.

Wer gut rotzen konnte, war angesagt, weil Rotzen Härte signalisierte. Rotzen und Rauchen waren Türen in die Erwachsenenwelt. Obwohl Erwachsene gar nicht rotzen, zumindest die wenigsten. Heutzutage ist Rotzen eh so gut wie out.

Auf jeden Fall lag in alldem bereits ein stärker werdender selbstzerstörerischer Zug. Das fing auf einmal an, im Sommer 78, und war von da an nicht mehr zu stoppen. Der blutige Morgen der Jugend erhob sein wirres Haupt.

Uns fehlte die Initiation, die Knaben in Naturvölkern durch die Gemeinschaft der erwachsenen Männer erfahren. Kontrollierte rituelle Verletzungen, Drogen oder Beschneidungen. All das gab es bei uns nicht, und keinen Mann, keinen Vater, der gemeinsam mit uns durch die Tür ins Mannsein gegangen wäre, geahnt hätte, was uns fehlte und wie er uns das hätte geben können. Nur die bescheuerte Bundeswehr, deren Mannwerdungsriten für mich ganz klar das Letzte waren. Also mussten wir uns diese Rituale selbst ausdenken, unbewusst, aber zielstrebig. Blutige, kriegerische Rituale. Nicht enden wollende Rituale des Übergangs.

Dinge wechseln den Besitzer

Wir klauten wie die Raben. Sobald wir in der Schule Freistunden hatten, gingen Bernd Lose, Sonny Sommer (meine besten Schulfreunde) und ich zum Toom Markt, dem örtlichen Riesensupermarkt in Schmalenstedt, ganz in der Nähe der Schule. Er hatte in wenigen Jahren alle kleinen Nachbarschaftsläden aufgefressen. Wir liebten den Toom Markt, ich liebe ihn noch heute. Seitdem die Leute in Schmalenstedt nicht mehr in die Kirche gingen, trafen sie sich im Toom Markt. Es war der wichtigste Kommunikationsort der Stadt.

Hier gab es viele Dinge, die wir gut gebrauchen konnten, vor allem Zigaretten und Schallplatten. Wie ein Rudel Wölfe umringten wir das Plattenregal. Wir waren so hungrig auf Hardrock und wir konnten die Platten nicht haben, weil sie zu teuer waren. Vor allem der AC/DC- und der KISS-Stapel hatten es uns angetan (abgesehen von Motörhead, Rory Gallagher, Ted Nugent, Saxon, Whitesnake, Rocky Horror Picture Show ...). Hardrock war der ideale Soundtrack zur Mannwerdung. So hart wie der Sound und wie die breitbeinigen Mattenhengste auf den Covers, so hart wollten wir gerne werden.

Es gab einen Oberdetektiv im Toom Markt, er hieß Herr Stichling und hatte uns bald als seine natürlichen Feinde erkannt. Er versuchte alles, um uns beim Klauen zu erwischen. Meist drückte er sich in seinem weißen Kittel wie zufällig hinter irgendwelchen Regalen herum und schielte dabei sackdumm zu uns rüber. Außerdem versuchte er es mit Spiegelsystemen. Sein größter Coup war allerdings das Bohren von kleinen Löchern in eine gegenüberliegende Holzverkleidung, hinter der er verschwinden konnte. Von hier aus war es ihm möglich, uns aus einer Distanz von zwei Metern auf die Finger zu schauen, und er selbst blieb dabei völlig unsichtbar. Bis auf seine einfältigen Pupillen hinter den Löchern. Jedes Mal wenn er zu unserer Freude hinter der Ecke in seinen Winkel verschwand, drängten wir uns ganz besonders diebisch vor dem Plattenregal, bis schließlich einer von uns zu den Gucklöchern hinsprang und hineinbrüllte. Beim ersten Mal kippte Stichling um, man konnte es gut hören, und wir grölten vor Vergnügen. Wir wussten, dass er nichts machen konnte, weil sein Versteck ja geheim war und er sich nie die Blöße geben würde, vor unseren Augen herauszuhumpeln. Erst wenn er sich gedemütigt verdrückt hatte, sahnten wir ab. Alle unsere Platten waren geklaut. Jeder von uns hatte bestimmt sieben oder acht Stück, da ging was, rocktechnisch.

Mit dem Hardrock lichtete sich der Nebel über dem Ozean, und der Kontinent der Erwachsenen wurde am Horizont sichtbar.

Äquatortaufe im Ozean des Alkohols

Mein erstes Besäufnis hatte ich, glaube ich, mit zwölf.

Jedes Jahr gab es in Schmalenstedt und den umliegenden Dörfern die Konfirmation. Nachdem man monatelang zum Konfirmandenunterricht gelatscht war, um Gebete zu lernen und über Gerechtigkeit zu debattieren, wurde man konfirmiert. Dieser Unterricht wurde gelangweilt abgerissen, ging es doch in Wahrheit nur um eins: Konfirmationsfeier, und die bedeutete Bares! Im ganzen Dorf hielten die Konfirmationsfamilien Feiern ab, bei denen sich die zu konfirmierenden Jugendlichen (oder Jungs) im Alter von etwa vierzehn Jahren das erste Mal offiziell besaufen durften. Was die Mädchen machten, weiß ich nicht mehr. Ich glaube, sie bekamen Bestecke und Geschirr für die Aussteuer.

Halbwegs betrunken zog man später im Tross durchs Dorf und klopfte an alle Türen, um Alkohol und Geld zu erbitten. Meistens gab es einen Korn und zwanzig Mark, manchmal auch mehr. Da kam bei einigen echt was zusammen. Die aus den angeseheneren Familien konnten mit bis zu 2000 Mark rechnen.

Ich ging bei der Konfirmation der Älteren mit. Checker, Jockel und ein paar andere waren die Glücklichen. Meine Eltern ahnten nichts von meinem Saufzug, ich auch nicht. Ich trank mit und kam mir großartig vor. Als wir schließlich bei Jockel zu Hause zum Feiern einkehrten, war es bereits sieben Uhr abends. Die Großen bemerkten meine Ahnungslosigkeit und schenkten mir richtig ein. Man gab mir Cola Rum und legte damit mein Schicksal fest, denn noch heute halte ich treu und ergeben zu diesem besten aller Getränke. Nach der vierten Fifty-fifty-Mischung war ich fertig. Ich sah das erste Mal in meinem Leben doppelt und taumelte nach Hause. Auch diese wunderbaren Doppelbilder werde ich nie vergessen, ich war sehr stolz damals. So musste das Erwachsensein sein: Stereo.

Viel zu spät kam ich zu Hause an und klingelte lallend, da ich die Tür ohne fremde Hilfe nicht mehr aufkriegte. Meine Mutter musterte mich ungläubig, und angesichts meiner torkelnden Schritte brach sie in erregtes Geschrei aus. Ich wurde sofort ins Bett gesteckt. Mir doch egal. Am Morgen wachte ich an Laken und Kopfkissen festgeklebt auf, weil die Kotze, die ich im Schlaf in mein Bett portioniert hatte, mittlerweile an meinem Gesicht und Körper festgetrocknet war. Ich war unglaublich stolz. Jetzt gehörte ich dazu.

Celine, Prinzessin der Liebe

Wir wohnten direkt neben einer Pferdekoppel, und die Dorfmädchen kamen jeden Tag hierher, um zu reiten. Unser Nachbar Herr Dreier vermietete die Pferde und Ponys halbstündig. Striegeln, füttern, Stall putzen, Scheiße wegmachen und alle anderen Arbeiten waren umsonst.

Uns Jungs imponierte er damit, dass er mit der rechten Hand Regenrohre wie Pappbecher zerdrücken konnte. Er hatte sich mit der Kreissäge seinen Daumen abgeschnitten und seitdem durch den verkürzten Winkel sozusagen Rohrzangenkraft in seiner Hand.

Durch die Nähe der Pferdekoppel saß ich weibermäßig direkt an der Quelle, hier kamen sie alle hin. Die meisten waren mir allerdings zu jung oder zu bescheuert.

Bis Celine auftauchte. Celine war Hamburgerin, sie wohnte mit ihren Eltern in einer Hamburger Wochenendsiedlung im Oberdorf und war das schärfste Ding in Jeans, das dieses Dorf je betreten hatte. Jedenfalls für uns in der Dreizehnjährigen-Szene.

Achim und ich entdeckten sie zuerst. Sie war auf einmal da, hatte instinktiv den Weg zu den Pferden gefunden, obwohl sie niemanden im Dorf kannte.

Da saß sie in Hot Pants auf dem braunen Ponyrücken, und wir waren sofort verliebt. Sie hatte eine blonde Außenwelle, und ihre Lipglosslippen waren sanft geschwungen, ich sehe sie noch heute vor meinen Augen. Es waren die ersten Lippen, die ich erotisch bemerkte. Die ich immer wieder anguckte und begehrte.

Wir wollten sie kennen lernen und stellten unter irgendeinem Vorwand den Kontakt her. Sie hatte ein bezauberndes Lachen, sie lachte die ganze Zeit über uns. Sie war eine echte Prinzessin, jedes Alter hat seine Prinzessin, sie war die jetzige.

Ich freundete mich mit ihr an, und schnell waren wir so was wie beste Freunde. Das hatte ich vorher noch nicht erlebt, ich hatte mich bisher eigentlich nur in gleichgeschlechtlichen Kreisen aufgehalten, schon allein, weil unsere Interessen eher übereinstimmten: Waffen, Gewalt, Mofas, Scheiße sein.

Die Woche über war Celine in Hamburg. Manchmal kam sie auch mehrere Wochenenden nicht, und ich träumte von ihr. Wir schrieben uns Briefe, von denen ich in Erinnerung habe, dass sie sehr sehnsüchtig waren. Wenn sie da war, hingen wir die ganze Zeit zusammen und redeten. Sie mochte mich wirklich, aber sie war reifer als ich, etwas größer, strahlend, verlockend, sie war bereit für die Liebe. Ich dachte, ich wäre es auch, aber ich war es nicht, meine Stimme war noch nicht gebrochen, und ich hatte kaum Haare am Sack. Alle Jungs schwirrten um Celine, um mich schwirrte niemand. Aber ich war am engsten an ihr dran, und das war viel wert. Obwohl man mich im Dorf scheel anguckte, weil ich mit einem Mädchen befreundet war (einmal verprügelten sie mich dafür), wussten sie gleichzeitig, dass ich der Typ mit der Verbindung war, der Keeper of the Seventh Key, Petrus an der Himmelspforte. Sie hatten keinen Kontakt zu Celine, waren nicht so gut im Mädchenkennenlernen oder vielleicht auch nur zu faul. Jedenfalls kamen sie zu mir und fragten mich, ob Celine vielleicht auch mit auf die und die Party kommen würde. Sie kamen zu *mir*, die Großen, die ganz dicken Fische aus der Dorfszene: Bosch, Doser, Notter und die anderen. Ich hatte Macht, denn Celine war der kostbarste Schatz im Dorf, und sie vertraute mir.

Bei alldem vergaß ich manchmal, dass ich selber ja auch Ansprüche hatte, eigentlich war *ich* doch in sie verliebt. Sie war mir nah, aber sprach mit mir über die anderen Jungs. Sie brauchte mich als Freund und als Kontakter zu den Dorftypen, ich war der Botenjunge oder vielleicht sogar Amor. Amor, um die Liebe betrogen. Ich stellte jeden erwünschten Kontakt her, und Celine holte sich die besten Typen. Dadurch war ich in guter Gesellschaft, aber trotzdem alleine, denn sie ging mit den anderen, küsste die anderen, hatte wahrscheinlich Sex mit ihnen.

Irgendwann begriff sie mein Drama. Wir redeten drüber, und sie versprach mir, dass sie mich bald küssen werde und wahrscheinlich auch mit mir zusammen sein wolle. Das war vor einer großen Party mit so zwölf Leuten bei einem Typen im Keller, den wir Eier nannten, im unteren Dorf.

Ich konnte es kaum glauben, dass ich, der sie entdeckt hatte und sie schon so lange kannte, jetzt auch endlich an der Reihe sein sollte. An der Reihe, ihre süße Liebe zu bekommen, was auch immer das im Einzelnen heißen sollte. Aber als der Abend bereits etwas vorangeschritten war, kam sie zu mir und gestand mir mit Tränen in den Augen, dass sie jetzt mit Doser liiert sei. Ich hatte es geahnt. Natürlich machte ich auf ritterlich und tapfer, doch innerlich fühlte ich mich vollkommen ausgehöhlt. Das war so unfair. Warum sollte denn ausgerechnet ich als Einziger im Dorf von ihr ungeliebt bleiben? Danach tanzte ich sechzig Singleseiten am Stück durch. Suzi Quatro, Sweet, Smokie, Abba, Kiss, Udo Lindenberg, David Dundas (jahrelang fragte ich mich, was wohl «Mappel Jeans» und was wohl «Opel Jeans» sein sollten, die er in seinem einzigen Hit «Jeans On» besang), Hello, Rubettes, Uriah Heep, Heart, 10 CC, Oliver Onions, Donna Summer, immer im gleichen Schritt, einmal vor, einmal Seite, einmal zurück, als Einziger auf der Tanzfläche, bis mich jemand auf meine langweilige Technik ansprach und ich beleidigt nach Hause ging.

Von jetzt an war ich von Celine getrennt. Nach fast zwei Jahren. Es ging schnell, nach ein paar letzten Briefen brach unsere Beziehung zusammen. Sie blieb bei den größeren Typen.

Mein Cousin Barni hatte die treffenden Worte dazu bei mir an die Zimmerwand geschrieben, Worte, an die ich immer wieder gerne denke:

Frauen sind geil, wenn man die richtige hat.

Der große, gefährliche Motor Langeweile

Sonny und Bernd traf ich jeden Tag in der Schule. Wir waren eine von diesen kleinen Mistgangs, die den Erwachsenen das Leben zur Hölle machen. Wir waren die Arschlöcher, die ich selber heute so zum Kotzen finde, wenn ich sie gelangweilt an irgendeinem S-Bahnhof rumhängen sehe und weiß: Unheil naht.

Wir schlitzten verhassten Lehrern die Reifen auf, malträtierten ganze Klassen mit Chinaböllern oder Stinkbomben (die kleinen Fläschchen übten eine magische Anziehungskraft auf mich aus, ich sehne mich noch heute nach ihrem Anblick, eine Essenz der Macht) und brachen nachts in die Schule ein, um Chemikalien zu klauen, die ich unter den Bodenbrettern unseres Dachbodens versteckte und die meine Machtgefühle steigerten. Ich lagerte sozusagen Chemiewaffen ein.

Es war 1979.

Wir waren auf dem Weg zur anderen Seite.

Fort von den geraden Pfaden, Schule, Sportverein, Tanzstunde, hin zu dem Gefühl, anders zu sein als die meisten anderen. Warum wir so waren, fragten wir uns nicht. In uns klafften wachsende Löcher, eine bodenlose Leere breitete sich aus, das Fehlen der kindlichen Geborgenheit, aufkeimende Sexualität und die absolute Ahnungslosigkeit über die eigene Identität erzeugten eine schmerzhafte Säure aus Langeweile, Angst und Ablehnung, die durch unsere Adern floss. Langeweile als Antriebsfeder des kleinen Bösen. Was tun mit uns, wohin mit uns? Wir brauchen Ablenkung, Bewegung, Kicks. Das Stillhalten tut so weh. Wir müssen aktiv leiden, wir oder andere, das nimmt uns den Druck. Die Flucht nach vorne nimmt uns die Angst.

Lass uns irgendeine Scheiße bauen.

Irgendwas.

Bitte.

Um den Mädchen in der Klasse zu imponieren, schraubten wir die Klingen aus den Anspitzern und schnitten uns die Arme auf. Anfangs noch abstrakt expressionistisch, später in Symbolen und Buchstaben. Ich ritzte mir einen Mercedesstern mit den Buchstaben R, S, B (die Initialen unserer Vornamen) in den Unterarm. Als Zeichen unserer Zusammengehörigkeit. Die Mädchen kreischten, wenn sie das Blut sahen. Das kickte und bestätigte uns, war ein Zeichen des Respekts, den wir genossen. Wir waren die Härtesten! In der Klasse. Sie hatten Angst vor uns und machten sich gleichzeitig Sorgen. Geile Mischung.

Blut quoll durch die geöffnete Haut. Das Erkennen der eigenen Grenzen. Hier, wo der Schmerz ist und das Blut fließt, höre ich auf und fängt die Welt an. Das war Selbsterkenntnis. Und das waren Initiationsriten, etwas, das Mädchen mit dem Beginn ihrer Periode ganz von selbst erleben. Wir mussten uns unsere Blutung Tropfen für Tropfen erarbeiten, ohne auch nur im Geringsten zu ahnen, warum wir das taten. Das Wort Initiation war uns unbekannt.

Die Königin des Discoplaneten

Sybille Pocher war schon früh zur Frau geworden. Sie war der Discosextraum aller Jungs an der Schule. Oft trug sie einen weißen, hautengen Samtanzug und darunter ein durchsichtiges Spitzenhemd, durch das man ihre wunderbaren Brüste ziemlich genau sehen konnte, dazu spitze, hochhackige Stiefeletten. Sie hatte ein hübsches Gesicht und war äußerst selbstsicher. Sie war ein Glamtraum aus Saturday Night Fever, und sie spielte mit uns. In der Pause in der Aula setzten sich alle Jungen wie zufällig immer in ihre Richtung, um heimlich einen Blick auf ihren Körper erhaschen zu können. Ihr gefiel das. Die anderen Mädchen waren schwer genervt.

Wir waren in einer gemeinsamen Mischgruppe in Physik oder so. Sie saß in der letzten Reihe, und immer, wenn der Lehrer sich zur Tafel umdrehte, zog sie ihre Bluse hoch, wir Jungen konnten unser Glück gar nicht fassen. Mit einer Handbewegung ließ sie zwanzig Schwänze gleichzeitig steif werden, und auch auf den Lehrer übertrug sich der sexuelle Stress, wenn er aus den Augenwinkeln ihren nackten Oberkörper erahnen konnte und unser Moschusgeruch das Klassenzimmer vernebelte. Aber bevor er sich gänzlich zurückgedreht hatte, bedeckte die Bluse wieder ihre Brust. Wir schwitzten um sie herum und konnten uns überhaupt nicht mehr auf den Unterricht konzentrieren.

Einmal, in einer Freistunde, saßen wir zu viert in der Klasse, Sybille, ich und zwei andere Typen. Auf einmal bot Sybille mir an, meinen Kopf unter ihren Pullover zu stecken. Ich wusste gar nicht, wie mir geschah. Sie wollte wohl testen, wie mutig ich war, und wie hungrig. Langsam ließ ich meinen Kopf unter den Pullover gleiten, spürte das Pochen in meinen Lenden und die Hitze ihrer Brüste. Ich wagte nicht, sie anzufassen oder zu küssen, ich stand ihnen nur fassungslos gegenüber, so perfekt fand ich sie. Es waren immerhin die Brüste von Sybille Pocher, ganze Klassen sehnten sich nach ihnen. Nach traumhaften zehn Sekunden tauchte ich wieder unter ihrem Pullover auf. Ich glaube, ich hatte den Test nicht bestanden, denn sie machte eine spöttische Bemerkung über mich. Vielleicht hätte ich aktiver sein sollen? Auf jeden Fall war ihr Angebot freizügiger und sexuell aggressiver als meine Reaktion vor Ort.

Kurz danach wurde Sybille Freak und legte ihr Sex-Image zugunsten gereifter Alternativität ab. Schade für viele, aber gut für sie.

Langsam, aber sicher löste ich mich aus der Dorfszene. Immer seltener tauchte ich bei Bauer Nold auf, mein geliebter Melkerhut aus Cord, der an der Stirnseite ganz speckig war vom Gegen-die-Kuh-Lehnen beim Ansetzen der Melkmaschine, hing ungenutzt bei uns am Haken. Das war mir nicht mehr hart genug. Die anderen Dorfjungs fragten mich, warum ich nicht mehr käme, aber ich konnte es nicht begründen, etwas zog mich weiter, etwas in mir wollte dem Kuhstallidyll entfliehen und zu anderen Ufern der Härte gelangen.

Ein neues großes Interesse tauchte auf: Mofas!

Sonny Sommer hatte bereits früh eine eigene Zündapp, ich glaube, zuerst eine ZD 50, später eine KS 50. Er war ein echter Bauernsohn und kam aus einem benachbarten Dorf, acht Kilometer entfernt. Die Bauernsöhne mussten motorisiert sein und durften schon mit sechzehn Führerschein machen. Sein Bruder Jochen war zwei Jahre älter und fuhr ein Zündapp Krad. In Kennerkreisen fuhr man damals nur Zündapp, alles andere war Quatsch mit Soße.

Oft kam Sonny mit seiner Kiste vorbei, und wir fuhren zum Nachbarschaftsshop nach Siel, um uns Apfelkorn zu kaufen, den wir dann an der Bushaltestelle tranken. Apfelkorn oder Boonekamp. So was hatte Wert. Oder ich war bei ihm und wir schraubten an Vergasern, sägten Krümmer ab, ersetzten Luftfilter durch Damenstrumpfhosen oder bohrten Zylinder auf, alles mit dem Ziel, ein Höchstmaß an Lautstärke und Tempo zu erreichen. Wenn man alles richtig machte, konnte man so eine Kiste locker auf bis zu 60 Sachen hochtunen, das brachte eine Mordsgaudi. Meistens tauschten wir Teile mit anderen und bauten uns daraus unsere Böcke zusammen. Manchmal klauten wir auch eine Puch Maxi, zerlegten sie in irgendeinem Feld, schleppten die besten Teile nach Hause und versenkten den Rest im Dorfteich. Noch hatte ich keine eigene Kiste, aber das sollte bald kommen.

Jochen Sommer, Sonnys großer Bruder, war der erste Punk, den ich kannte, sogar vor David Becker. Ich glaube, er hatte sich schon 1978 die Haare abgeschnitten und hörte Sex Pistols. Da es bei uns keinen Plattenladen gab, bestellte er sich seine Tonträger bei 2001 oder einem ähnlichen Lieferanten. Ich wusste nicht, was an Punk geiler als an AC/DC sein sollte, und hielt zu den Hardrockern, obwohl einige Typen aus der Schule behaupteten, AC/DC seien auch Punk. Später klebte ich mir auf eine

Lederimitatjacke hinten mit Filzbuchstaben AC/DC drauf und hielt mich dadurch für Punk, ohne eigentlich zu wissen, was das sein sollte. Punk war wohl einfach das Härteste.

Eines Tages kam Sonny also mit kurzen Haaren zur Schule, dazu hatte er an seiner Lederjacke die ersten Badges, die ich je sah. Von Spizz Energy, glaube ich. Jetzt gab's bei uns an der Schule schon sechs Punks, Jochen, Sonny und vier andere etwas ältere Typen, die ich nicht richtig kannte. Ich bekam Torschlusspanik.

Damals saß ich manchmal in der Teestube vom Haus der Jugend rum und hielt mich kurzfristig für einen Freak. In Wahrheit gab es nur einen Grund, warum ich dorthin ging: Wenn man reinkam, standen sofort alle Mädchen auf, und man konnte sie umarmen und küssen! Ich spürte ihre knospenden Busen unter den Batikhemden, ließ meine Hände über ihre Hüften fahren, schloss beim Begrüßungskuss kurz die Augen, als wenn's ein echter wäre. Das muss man sich mal vorstellen! Spitzenbräute stehen auf und küssen einen freiwillig. Leider nicht auf Zunge, aber immerhin auf den Mund. Und das waren tolle, reife Frauen. Ich ging so oft wie möglich durch die Tür in diesen Raum, um begrüßt zu werden. Aber wenn ich zurück- und runterkam aus dem zweiten Stock, hingen unten die Punks rum und pöbelten mich an. Beschimpften die Freaks als weiche Flaschen, lächerliche Hippies. Das war demütigend. Und so stellte sich die Frage: Was war wichtiger, Küsse oder Härte?

Härte.

Isi Brandt und das Glas von John Lennon

Zu dem Zeitpunkt, kurz bevor ich das letzte Mal in die Teestube ging, lernte ich Isi Brandt kennen. Ein Freund aus der Teestube namens Phil erzählte mir von ihm. Da sei so ein Typ auf einen Bauernhof in der Nähe gezogen, der sei der absolute Wahnsinn, und dort sei alles erlaubt, paradiesische Umstände für altersmäßig diskriminierte Leute ohne Rechte wie uns. Das klang sehr interessant. Ich verabredete mich also mit Phil, diesen Typen am folgenden Wochenende zu besuchen.

Am Samstag fuhren wir mit dem Fahrrad über Land zu Isis Hof, der idyllisch abgelegen am Ende eines Feldweges inmitten unberührter Natur lag. Ein kleiner See und der Wald säumten sein Grundstück, das groß und verwildert war. Isi selbst stand im Garten und freute sich, dass wir kamen. Er war etwa 45 Jahre alt, hatte leicht angegraute Haare, einen festen Händedruck, ein freundliches Gesicht und eine souveräne Art. Er trug zerschlissene Arbeitskleidung und lud uns an einen großen Tisch, der auf dem Rasen vor seinem Haus stand. Auf dem Tisch stand ein großer Ballon Wein, und daneben lag ein Schinken. Wie selbstverständlich bot er uns Knirpsen erst mal ein Glas an. Phil fing an, sich eine Zigarette zu drehen, und ich begriff, dass hier offenbar einiges möglich war. Den Wein setzte Isi selbst an, auch Schnaps brannte er daraus, und in der Küche hingen verschiedene Schinken, die er geräuchert hatte. Das riesige alte Haus hatte er zum Teil schon hergerichtet, viele Flächen und Räume waren aber in einem total chaotischen Zustand. Überall lagen Sachen rum, alte Möbel, Felle, Flaschen, Weinballons, Schallplatten, Instrumente, ein Paradies der Unordentlichkeit für Spacken wie uns. An den Wänden hingen Fotos, auf denen Isi mit den Beatles zu sehen war, daneben ein Scherenschnitt mit seinem Namen: ISI. Wie kam der mit den Beatles auf die gleichen Bilder? Ich erinnerte mich an den Namen Isi, wo kannte ich den nochmal her? Dann fiel es mir wieder ein: Ich hatte mir vor zwei Jahren bei Aldi mal für sehr wenig Geld eine Doppel-LP gekauft: «Beatles live at Star Club 1962». Und auf dieser Platte macht John Lennon vor «Besame mucho» die Ansage: «And this is especially for Isi ... 1, 2, 3, 4.» Jetzt ging mir ein Licht auf. Die Fotos waren nicht gefaked, er kannte die Beatles wirklich. Neugierig fragte ich ihn, was denn die Bilder zu bedeuten hätten. Er erzählte mir, dass er früher in St. Pauli gewohnt habe und nachts viel unterwegs gewesen sei. So hätte er auch die Beatles kennen gelernt, und sie wären Freunde geworden. Sie hätten ihn oft besucht und auch einige Male bei ihm gepennt. Irgendwo lägen noch unveröffentlichte Aufnahmen von ihnen rum und das Glas, aus dem John immer seinen Wodka trank, wenn er bei Isi war. Isi holte ein kleines Schnapsglas, dem der Fuß fehlte, und hielt es mir hin. «Magst du einen Selbstgebrannten?» Was für eine Ehre! Ich als Minderjähriger durfte aus dem Glas von John Lennon einen Schnaps von Isi Brandt trinken! Ich fühlte mich gänzlich respektiert und trank von jetzt an meine Schnäpse bei Isi nur noch aus dem Glas von John.

Wir fuhren oft zu Isi. Ich erzählte meinen Eltern von einem interessanten Typen, den wir kennen gelernt hätten und bei dem wir auf dem Hof helfen dürften. Saufen helfen – aber das sagte ich ihnen natürlich nicht. Eines Wochenendes waren Phil und ich mal wieder unterwegs zu Isi, wir hatten die Erlaubnis, dort zu übernachten. Das Beste an allem aber war, dass auch eine Frau kommen wollte, eine tolle Frau, in die alle Freaks zu dem Zeitpunkt ganz vernarrt waren: Karmen Nieberg. Sie hatte eine offene Beziehung mit Phil, checkte aber auch sonst das Leben aus, und ich verstand mich sehr gut mit ihr. Sie war hübsch, kokett, hatte lange, wilde Haare und eine Stupsnase. Dazu trug sie die üblichen Batikklamotten der Zeit, was ihr sehr gut stand, fand ich. An dem Abend testete Isi mit uns einen neuen Orangenwein, den er frisch anstach. Ich trank einige Gläser davon, und die Wirkung war umwerfend. Schließlich ging ich in das

Zimmer, das mir zum Schlafen zugeteilt war, das so genannte Indienzimmer, ein kleiner Raum mit Hippieutensilien, in dem ich es mir bequem machte. Nach einiger Zeit kam Karmen vorbei und teilte mir mit, dass sie jetzt zu Phil ginge, danach aber umgehend zu mir zurückkommen würde. Das waren ja Aussichten! Voller Freude harrte ich der Dinge, versuchte mich und meinen orangenweinhaltigen Schädel wach zu halten, versank aber immer mehr in erotischen Träumereien, bis ich ganz wegsackte.

Ein ungeheurer Schmerz weckte mich. Ich lag allein in meinem Bett, mein Kopf war kurz vor dem Bersten. Es gibt offenbar gute Gründe dafür, warum Orangenwein nicht in jeder Weinhandlung zu haben ist. Was für ein Aufbruch gestern Abend, und was für ein Ankommen heute Morgen! Ich übergab mich mehrmals, aber der Schmerz wollte einfach nicht aufhören. Schließlich fand ich irgendwo im Haus Dolomo-Schmerzbomber und klinkte sie ein. Um den mitleidigen Blicken der schönen Karmen zu entgehen, die mich zum einen versetzt hatte und für die ich zum anderen einen Anblick des Elends geboten hätte, verpisste ich mich klammheimlich und fuhr auf meinem Fahrrad im Nieselregen nach Hause.

Zum letzten Mal Hardrock

Bon Scott war tot. Erstickt am eigenen Erbrochenen, in einem Auto, in einer Winternacht in London. Ein großer Schock für alle Hardrock-Fans. Aber schon ein Jahr später stand «Hell's Bells» in den Läden, AC/DC's erfolgreichste Platte, aufgenommen mit dem neuen Sänger Brian Johnson. Ein Meisterwerk, ein Meilenstein. Und AC/DC gingen auf Welttournee! Das erste Mal. Auch nach Deutschland sollten sie kommen, auch nach Kiel, in die Ostseehalle, 1980. Da wollte ich hin, das sollte unser Wallfahrtsort sein, und Angus Young, der Kindteufel in Schuluniform, war unser Messias. Ich sprach mit Bernd und Sonny, und es war klar: Nichts würde uns von diesem Konzert abhalten, keine Eltern, keine Polizei, keine dunkle Macht. Ein Freund von uns wollte auch mit, Josie war ein kräftiger, nordischer Typ aus einem Nachbardorf, ich kannte ihn noch nicht so gut, fand ihn aber ziemlich abgefahren, wegen seinem Mofa und seiner durchgedrehten Art. Er war ein Ärgerpatient. Ich hatte von Freunden gehört, dass der Typ richtig was losmachen konnte. Angeblich hatte er an einer Puch Maxi die Gabel von einem Krad angebracht und war dann hyperfrisiert mit 80 Sachen wie mit einem Chopper über die Landstraßen gebrettert. Das klang interessant und sympathisch. Ich sprach mit meinen Eltern, und erstaunlicherweise hatten sie nichts dagegen, dass wir ohne sie fuhren, ich bekam sogar das Geld für die Karte. Meine Mutter muss wohl gedacht haben, dass Musik ja eigentlich etwas Positives ist. Sie ahnte nicht, dass wir darin einen Hassverstärker fanden, der mich nur noch weiter von ihr wegtragen würde. Vielleicht ahnte sie aber auch, dass sie sowieso nichts dagegen tun konnte.

Am Tag des Konzerts trampten wir zu viert nach Kiel und wurden schnell mitgenommen, von irgendwelchen bereits erwachsenen Hardrockern, die mit uns direkt zur Ostseehalle fuhren. Der Anblick vor der Halle war beeindruckend. Tausende von lederbejackten Frühachtziger-Prolls, noch mit langen Haaren und Mittelscheitel, Glockenjeans und Stiefeletten machten sich mit Bier und Bürste bereit für das härteste Konzert ihres Lebens. Überall flackerten Schlägereien auf, eine Glocke der Aggression hing über Kiels Zentrum, ein Gefühl, das zu dieser Stadt sehr gut passte und meines Wissens in einer speziellen Fabrik hier industriell hergestellt wurde.

Als Vorband waren Saxxon angekündigt, die mir Sonny als den Geheimtipp im Heavy-Bereich schmackhaft machte. Die fielen aber leider aus, und stattdessen traten Whitesnake auf. Das allgemeine Publikumsurteil fiel eindeutig wohlwollend aus, die Gitarrensoli waren ordentlich, lange und schnell, und der Sänger konnte gut hoch singen. Das waren die Parameter. Nach Whitesnake und einer kleinen Pause ging das Licht in der Halle aus, und das Publikum begann vor Spannung zu stöhnen. Aus der Dunkelheit erklangen Kirchenglocken, tiefe Schläge, dann fiel ein Lichtstrahl auf die Mitte der Bühne. Dort stand in Unterhemd, Jeans und mit einer Boxermütze bekleidet Brian Johnson und schlug mit einem hölzernen Vorschlaghammer auf eine riesige Glocke ein, die den Schriftzug «Hell's Bells» trug. Dazu erklangen die ersten Gitarrenriffs von «Hell's Bells». Ich habe nie wieder eine derartige Gänsehaut bei einem Rockkonzert gehabt wie bei diesem. Auf den Schlagzeugeinsatz hin ging das Bühnenlicht an, und die ganze Band war zu sehen, auch Angus. Er stand dort in seiner Schuluniform und spielte, und wir waren verzückt. Er war wie wir. Ein Schuljunge mit Hass auf die Gesellschaft, auf die Konventionen und Unterdrückungsmechanismen der Welt, die uns umgab; dachten wir zumindest. Er war Energie, purer Strom, gefährlich, prollig, unangreifbar.

Ein Hit jagte den nächsten, und bei «Highway to Hell» waren Brian und Angus auf einmal von der Bühne verschwunden. 14 000 Augen suchten die Bühne ab, konnten nichts entdecken.

Ich drehte mich nach rechts und sah, dass sich am Ende der Halle ein Spalier im Publikum bildete. Die Leute drehten sich nach rechts und gerieten komplett aus dem Häuschen. Brian trug Angus auf den Schultern durch das Publikum. Der spielte über seine mit einem Funksender verbundene Gitarre ein Endlossolo, das aus den gewaltigen Boxen durch die Halle ballerte. Wellenbewegungen gingen in ihre Richtung, Tausende von Armen streckten sich aus, versuchten die beiden zu berühren, ein Stück von Angus' Uniform abzureißen, was einigen auch gelang.

«Bitte, nur einen kleinen Fetzen, reiß mir auch was ab von dem oberen, ey, du da, Großer, reiß ma was von der Jacke von dem ab!!!»

Ziemlich zerfetzt kam Angus am anderen Ende der Halle an und enterte von dort mit Brian wieder die Bühne. Der Applaus war frenetisch.

Wir trugen uns gegenseitig auf den Schultern, um besser sehen zu können, und grölten jeden Refrain, so gut wir es konnten, auf Phantasieenglisch mit. Nach einem Schlagzeugsolo warf Phil Rudd, der Drummer, einen seiner zerprügelten Sticks ins Publikum. Der Effekt war, als wenn man ein Stück Fleisch in ein Piranhabecken geworfen hätte, ein menschlicher Strudel tat sich auf, aus dem Schmerzensschreie erklangen, Hände ragten aus ihm empor, andere, die weiter außen standen, versuchten durch gezielte Hechtsprünge in die Mitte des Strudels zu kommen, um an die Reliquie, den Splitter aus dem Kreuz Jesu, zu gelangen. Der vierschrötige Josie hatte die größte Durchsetzungskraft. Er tauchte und schlug und gelangte schließlich, am Grund des Körpermeers, zu dem göttlichen Stab, den er an sich riss und unter seinem Hemd verbarg. Dann holte er Luft und tauchte kurz danach an einer anderen Stelle wieder auf. Das Holz war verschwunden, der Strudel beruhigte sich wieder. Josie behielt sein Geheimnis für sich. Das Konzert verlangte uns alles ab, und als es vorbei war, waren wir durchgeschwitzt bis auf die Knochen. Es gab noch einige Zugaben, dann wurde die Ostseehalle zügig geräumt, nach einer Viertelstunde standen wir draußen, und unser Fest war vorbei. Tausende von nassen, heiseren, rockigen Jugendlichen in Jeans und Leder machten sich auf den Weg nach Haus, trabten in die feuchten, dunklen Straßen mit Visionen von Rock im Kopf. Glücklicherweise trafen wir einen Freund, dessen Eltern Taxifahrer waren und die uns mitnahmen, und so kamen wir, ohne trampen zu müssen, zurück nach Schmalenstedt. Die Fahrt war frustrierend, denn peu à peu ließ die Erregung nach, und zurück blieb nur ein hohes Pfeifen in den Ohren. Aber dann fiel Josie sein Geheimnis ein.

«Ey, Leute, ich hab hier noch was, das glaubt ihr nicht, passt mal auf …»

Er zog den gebrochenen Schlagzeugstock von Phil Rudd aus seinem Hemd, und der Stock leuchtete in der Nacht wie eine Altarkerze. Wir anderen konnten es nicht glauben, wir beugten uns vor, tasteten, stotterten erregt, reichten ungläubig die Reliquie herum.

«Das ist ja das Geilste, Alter, wie bist du denn daran gekommen?»

«Ich bin einfach hin und hab die anderen weggehauen und hab den genommen.»

«Das ist ja wohl das Geilste, Alter, was glaubst du, was der wert ist?»

«Ich schätze, sehr viel. Schätzungsweise.»

«Alter, das ist der Knüppel von Phil Rudd, verstehst du?»

«Boah, wie der da raufgehauen haben muss, kumma, der ist voll zerbrochen.»

«Ja, und wie hat der dann weitergespielt?»

«Mit den Händen!»

«Quatsch, der hatte noch so einen Stock.»

«Ach so, na ja, egal, wir haben den hier, der war das ganze Konzert dran.»

Hier war der Beweis für das eben Erlebte, für AC/DC, für unsere Welt, unseren Glauben. Josie steckte das heilige Holz wieder ein. Seitdem hing es bei ihm an der Wand und wurde von uns angebetet, und da hängt es heute noch.

Als die Ostseehalle später gesäubert wurde, fand man einen Fan in einer der oberen Reihen auf dem Boden. Jemand hatte ihm ein Messer in die Brust gesteckt. Er war tot.

Schneid dir die Haare, bevor du verpennst

Kurz vor meiner Konfirmation schnitt ich mir die Haare mit einer Nagelschere ab. Mein Entschluss war klar: Ich musste Punk werden. Ohne eigentlich wirklich etwas darüber zu wissen – es gab da zwei Bravo-Artikel und die vage Ahnung, wie cool man als Punk sein würde –, fällte ich diese Lebensentscheidung. Ich war vierzehn. Meiner Mutter liefen stumme Tränen über die Wangen, als sie meine neue Frisur sah. Mein Haar sah aus wie ein abgewetzter, räudiger Fellball, überall waren Löcher bis auf die Kopfhaut geschnitten. Dazu trug ich alte Schlafanzughosen, Bundeswehrstiefel und zerrissene T-Shirts. Ich war ein Schandfleck für unser Dorf. Die anderen Dorfjungs verstanden mich nicht. Ich selber fand mich schön und aufregend. Ich fand mich neu und wild, hart und modern. Weit vor allen anderen auf einem Berg, auf dem nur sehr wenige standen. Von den meisten Leuten wurde ich mit einem Gesichtsausdruck betrachtet, der sich ziemlich genau zwischen Verständnislosigkeit und Verachtung bewegte. Denn der Preis der Zugehörigkeit zur Avantgarde war absolute, für Außenstehende unverständliche, eingeschworene Hässlichkeit. Im Kreise meiner wenigen Mitkämpfer aber wurde ich voller Respekt und Achtung für meinen Schritt empfangen. Ich war endlich dabei: Ich war Punk!

Zu meiner Konfirmation wurde die gesamte Verwandtschaft eingeladen. Meine Eltern, mit ihrem hohen ethischen Ansatz, hatten mich vorher zur Seite genommen und mir erklärt, sie wollten nicht, dass mir die Leute zu meiner Glaubensentscheidung Geld schenkten. Sie boten mir die Summe von 1000 Mark, die sie mir geben würden, wenn ich auf den Bettelrummel verzichtete. Ich lehnte ab, und sie riefen die Verwandtschaft an, um sie zu bitten, ihre Börsen zu Hause zu lassen. Ich bekam es mit der Angst zu tun, hatte ich mich doch extra umtaufen lassen, um an dem protestantischen Geldsegen teilhaben zu können. Bei der katholischen Firmung gibt es nämlich nur eine Armbanduhr. Die Verwandten wurden gebeten, mir doch lieber etwas Sinnvolles zu schenken anstatt des schnöden Mammons. Mir schwante Übles, und ich setzte meine ganze Hoffnung auf die Dorfbevölkerung, die sich ganz sicher nicht von ihrer schönen Tradition abbringen lassen würde.

Am Tag der Konfirmation musste ich mit den anderen Konfirmanden in der Kirche ein längeres Ritual durchstehen, bei dem wir auf die christlich-evangelische Gemeinde eingeschworen werden sollten. Ich hatte mir die Löcher in der Kopfhaut auf familiären Druck hin mit braunem Filzstift zugemalt und trug einen Anzug. Wir lechzten nach dem Abendmahlswein.

Danach ging es zu uns in die Diele. Meine Eltern hatten ein Theaterstück vorbereitet, den «Firmling» von Karl Valentin, um diesen Nachmittag zu etwas ganz Besonderem werden zu lassen. Alle Verwandten freuten sich und schauten amüsiert zu, nur ich schob desinteressierten Frust, hatten sich doch alle meine Befürchtungen bewahrheitet: Meine Onkel und Tanten hatten mich mit einem Haufen von total wertlosem Plunder überhäuft. Es gab Handtücher und Socken, ein paar blöde Hemden und Bücher über den deutschen Wald. Die Bücher konnte ich immerhin in den nächsten Tagen im örtlichen Buchladen gegen Werner-Comics eintauschen.

Ich baute auf den spätnachmittäglichen Rundgang durch das Dorf, doch ich kam dabei nur auf die bescheidene Summe von 500 Mark. Ein ziemlicher Reinfall. Ich verschwand von meiner eigenen Konfirmation und kaufte mir zusammen mit Sonny Sommer einen Kasten Bier. Danach weiß ich nichts mehr.

In den Tagen danach legte ich das Geld sinnvoll an. Zuerst kaufte ich mir für 180 Mark einen schwarzen Jebs Integralhelm, den coolsten Helm, den es damals gab. Es war ein glänzender schwarzer Alienschädel; wenn man ihn aufhatte, war es egal, worauf man fuhr. Jetzt war ich quasi schon drin in der Bikerszene, als Helmbesitzer. Ein Moped war eigentlich gar nicht mehr nötig, es reichte schon aus, wenn man mit dem Helm in die Eisdiele kam, um respektvolle Blicke zu ernten.

Für das Restgeld erstand ich zwei Mofawracks, aus denen ich eine Superkiste zusammenbauen wollte. Das Ergebnis meiner Bemühungen war eher bescheiden, aber am Ende hatte ich etwas Lautes, das fahren konnte, wenn man es bergab anschmiss. Da ich durch die Mofaführerscheinprüfung gefallen war, fuhr ich ohne und gleich auch ohne Versicherung. Ich liebte, pflegte und umsorgte *es* jeden Tag. Auf den schmalen Tank hatte ich einen springenden Tiger gemalt, der Gefährlichkeit ausdrücken sollte. Nachts, wenn meine Eltern schliefen, schlich ich mich aus dem Haus und schob bis vor das Dorf, weil *es* so laut war. In gehörigem Abstand zum letzten Haus schmiss ich *es* an und fuhr damit zu Meier's Disco.

Der Discoplanet

Disco Meier's war ein Magnet in der Nacht, ein strahlendes, pulsierendes Juwel, ein bäuerlicher Discostern, zusammengebacken aus Musik, Alkohol, Sex und Schlägereien. Sobald wir Haare im Schritt bekamen, zog es uns Jungs alle dorthin, als wären wir Kater, die einen See aus Lebertran erschnuppert hätten.

Meier's lag acht Kilometer von Schmalenstedt entfernt in Behringsdorf an der Ostsee. Eine wunderschöne, durch Wälder und Hügel sich windende Straße nahm in den wilden Jahren vielen jungen alkoholisierten Heizern, die der Meier'schen Magnetkraft nicht widerstehen konnten, das Leben.

Meier's war so spannend. Meier's war unser Ratinger Hof, unser SO 36, unsere Markthalle.

Der Chef hieß Horst Günther Meier und ist heute ein gut gelaunter Pensionär, der das Leben genießt.

Aber damals war er der Regent des Discoplaneten. Er war streng, stets gestresst und packte ganz gerne mal hart zu. Und er hatte keine Lust auf vierzehnjährige Spinner in seinem Verantwortungsbereich. Aber *wir* hatten Lust auf seine Disco.

Er hatte sein altes Bauernhaus restauriert, eine Tanzfläche und eine DJ-Kanzel einbauen lassen, zwei Bars und ein Restaurant mit einem großen Parkplatz davor.

Der DJ hieß Pinki, ein ungeheuer massiger Schlachter aus Kiel, vor dem alle den höchsten Respekt hatten. Er war der Musikgott, und seine Ansagen waren allererste Sahne. Einmal sagte er beispielsweise zum Abschied: «Also tschüs, Leute, fallt nicht in den Briefkasten und lasst euch keinen Düsenjäger auf den Kopf fallen!» Ist klar, dass da kein Auge trocken blieb. Er hatte gute Antennen für sein Publikum und legte immer die richtigen Tracks für die Kings des Abends auf. Und er erfüllte Musikwünsche.

Die Tanzfläche fasste vielleicht zweihundert Leute. Sie war

gesäumt von Tischen, über denen Schindeldächer in den Raum ragten. Das gab auch dem Discoinneren ein gemütlich-bäuerliches Flair. In den ganzen Laden passten etwa sechshundert Besucher. Dazu kamen die Massen, die draußen vor der Tür oder auf dem Parkplatz bei den Autos abhingen.

Das erste Mal war ich mit vierzehn bei Meier gewesen. Sonny Sommer, Bernd Lose und ich zelteten bei den Sommers auf einer Wiese, und nachts fuhren wir heimlich mit Fahrrädern zu Meier. Immer in Gummistiefeln; wenn uns ein Wagen entgegenkam, sprangen wir in den Straßengraben. Wir wollten nicht von den Feldjägern erwischt werden, die rund um die nahe Kaserne Tangrade nachts die Gegend abcheckten. Bei Meier waren wir immer nur so lange, bis uns Horst Günther zu packen bekam und wie junge Hunde am Nacken und mit Arschtritt auf die Straße setzte.

Offiziell durfte ich nur bis zehn weg sein. Irgendwann erlaubten mir meine Eltern das erste Mal, zu Meier zu gehen. Von unseren Nachtausflügen wussten sie natürlich nichts. Mein erster offizieller Besuch fiel auf einen warmen Sommerabend. Mama erbot sich, mich hinzufahren. Das war mir sehr peinlich, aber mir fiel keine andere Transportmöglichkeit ein, also nahm ich ihr Angebot an. Nachdem wir bei Meier vorgefahren waren, eröffnete sie mir, dass sie bis zu unserer Rückfahrt drinnen warten würde. Ich hätte mir nichts Schlimmeres vorstellen können. Auf dem Weg hinein schlug ich Haken, bis ich sie los war. Drinnen war es total öde, keiner von den coolen Acern kam so früh hierher. Nur ein paar langweilige Zahnspangenträger saßen am Tanzflächenrand. Pinki selber legte erst ab zehn auf, alles davor war unter seiner Würde. Ich begriff, dass ich zur Idiotenstunde hier war. Dass ich selber ein Idiot war. Irgendwie brachte ich meinen ersten offiziellen Discobesuch hinter mich und war fast froh, als wir wieder nach Hause fuhren. Bloß keine Zeugen, die sahen, zu welcher Zeit ich bei Meier aufkreuzte und mit wem. Das musste das nächste Mal anders ablaufen.

Meine Eltern gingen so um elf ins Bett. Ich wartete noch eine Weile und kramte dann die vorbereitete Seilrolle unter meinem Bett raus, um mich aus dem Fenster abzuseilen. Dabei stützte ich mich mit den Füßen an der Hauswand ab, so wie ich das in diversen Krimis gesehen hatte. Ich schob mein Mofa bis zum Dorfrand und knatterte dann mit enormer Lautstärke Richtung Meier's. Um halb eins Uhr war ich da. Allein bei Meier. Als cooler Acer. Ich kam wirklich sehr spät, das wirkte cool und erwachsen. Die Freakfrauen waren da, und ich spürte ihren Respekt. Auch die älteren Typen, die mich sonst mit dem Arsch nicht angeguckt hatten, behandelten mich jetzt ganz wie ihresgleichen. Ich trank Bier und laberte wie ein Großer.

Um vier machte Meier's zu. Immer. Ich fuhr über die Geheimwege mit meiner möhrenden Krachfabrik zurück, ohne Licht, um nicht aufzufallen. Wenn mir ein Auto entgegenkam, wartete ich in Bushäuschen, bis die Luft rein war. Zu Hause kletterte ich wieder in mein Zimmer hoch und versteckte dann das Seil unter meinem Bett.

Am nächsten Morgen machten meine Eltern einen Riesenaufstand. Wie waren sie darauf gekommen, dass ich nachts unterwegs gewesen war? Ich rätselte und leugnete, bis Mama mich an der Hand nahm und in den Garten zog. An der strahlend weiß gekalkten Wand führten schwarze Turnschuhabdrücke direkt zu meinem Fenster im zweiten Stock.

Ich lehnte an unserem Gartenzaun und guckte den Mädchen beim Reiten zu. Auf der Straße sah ich Josie vorbeilaufen, den Typen aus dem Nachbardorf, mit dem ich bei AC/DC gewesen war. Er zog einen großen D-Böller aus der Tasche, zündete ihn an und warf ihn zwischen die reitenden Mädchen. Entsetzt starrten die auf ihr zischendes Schicksal, sie wussten, was gleich passieren würde. Die Ponys nicht. Eine Sekunde später taten sich alle sehr stark weh.

Josie kam etwa ein Jahr später auf die Idee, sich Fliegevogel zu nennen, aber ich nenne ihn ab jetzt schon so, weil ich den Namen gut finde. Fliegevogel war ein Action-Tier. Ihm war nichts zu blöde oder zu gefährlich, er hatte keine natürlichen Hemmungen oder Bremsen, er war wie gemacht fürs «Scheißebauen». Wir verabredeten uns oft um Mitternacht am Stadtteich, wo es ein Nadelgesträuch gab, in das man hineinkriechen konnte, um sich vor Polizeiblicken zu schützen. Der jeweils Erste von uns wartete dort. Wenn der andere kam, trampten wir los zu Meier's, man stand nie länger als eine Viertelstunde. Meistens nahm uns irgendein Besoffener mit, der kaum noch steuern konnte, zu Meier's fuhr man nicht nüchtern. Einmal hielt ein grüner Volvo an. Meine Mutter saß darin, im Nachthemd. Ihr Blick war unendlich enttäuscht, und als sie mich nach meiner Rechtfertigung fragte, rutschte ihre Stimme wie so oft leicht ins Hysterische. Sie nahm mich mit nach Hause, während ich ihr Lügen von einer «schönen Nachtwanderung» auftischte. Zu dem Zeitpunkt wusste sie noch nicht, dass ich einen Großteil meiner Nächte bei Meier verbrachte. Ich war ein jugendlicher Jekyll and Hyde, hin und her gerissen zwischen zwei komplett unterschiedlichen Welten. Tagsüber Schule und nachts die Disco.

An unserer Schule erweiterte sich der Punkkreis mittlerweile schnell. Dieser Jugendvirus war hoch infektiös. Man brauchte nicht viel, um dabei zu sein, man musste nur die Codes lernen und ein bisschen mutig und zeigefreudig sein. Geld spielte keine Rolle, sozialer Status oder Intelligenz waren egal, Schönheit oder Sportlichkeit überflüssig. Wir waren Ausgestoßene von eigenen Gnaden. Ich wähnte mich von meiner leiblichen Familie abgelehnt, fühlte mich anders als sie, anders als alle, ein Antikörper in der großen Gesellschaft der Gleichen.

Depressionen zogen wie dunkle Wolken über den ehemals blauen Himmel meiner Seele; mit der Pubertät fing es in mir an zu regnen. Ein Regen, der nicht wieder aufhörte. Regen. Löcher, überall Löcher. Unbestimmter Hass, Angst, unendliche Selbstzweifel und dann auch der Gedanke an Selbstmord als letzten, versöhnlichen Ausweg, wenn alles andere gar nicht mehr zu ertragen war. Jeden Tag dachte ich zigmal daran; das war meine virtuelle Beruhigungstablette. Die Depressionen teilte ich mit den anderen Elenden unserer Dropout-Gang.

Die Gang war von Anfang an meine Ersatzfamilie. Was ich zu Hause nicht mehr finden konnte, hier bekam ich es. Gespräche über Freiheit, Wildheit, Sex und Musik. Die anschließende Leere, weil das Ersehnte meistens nicht zu haben war, machten wir durch gemeinsames Abhängen erträglich. Wir waren Leidensbrüder unter der gewaltsamen Knute der Langeweile. Der Spießigkeit einer Kleinstadt. Der inneren Leere. Unsere Tage brachten wir im Haus der Jugend am Kicker rum, oder wir hingen auf dem Marktplatz ab. Unser Wissen über Punkrock, über die richtigen Bands, Styles, Benimmregeln wuchs immens und wurde von uns um eigene Ideen erweitert. Die Regeln einer eigenen Gesellschaft. Spezialwissen einer Sekte. Der Sekte der tödlich Gelangweilten. Antiregeln und Regeln, die so taten, als wären sie keine. Wir zogen die jugendlichen Mistfliegen unserer Kleinstadt an wie ein frischer Kuhhaufen. Einige waren stockdoof, andere clevere Teacher. Zum Beispiel David. Er war groß, spindeldürr und vollkommen gaga. Er trug kurze Haare mit ein paar herausstehenden Strähnen à la Malaria oder Mania D, hautenge Satinhosen und viel zu große zerrissene Jacketts. Meistens saß er zu Hause und zeichnete, las Bücher und hörte Musik. Er hatte die coolsten Platten und wusste alles. Ein derber Angeber, aber wenn wir Informationen brauchten, bekamen wir sie von ihm. Am liebsten hätte er uns zu richtig kommunistischen Punks gemacht, aber dafür waren wir zu unkonzentriert. Wir beschlossen, eine Band zu gründen, so wie das damals Usus war. Mit dabei waren David, Dietrich Maas, Piekmeier, Sid Schick, Fliegevogel und ich. Wir waren so ziemlich die coolsten Punks, die Schmalenstedt zu dem Zeitpunkt hatte, fand ich. Viel Konkurrenz gab es ja auch nicht.

Weiß

Ich bin ein Versager. Ich bin nicht lebenswert. Ich bin nichts. Was bin ich? Ich möchte sterben. Ich halt es nicht aus. Wo ist der Sinn? Niemand liebt mich. Ich bin überflüssig. Ich bin ein Versager. Ich kann nichts. Ich will alles. Hilfe. Ich falle. Ich falle. Ich will nicht mitmachen. Ich bin nicht wie ihr. Ich bring mich um. Wo ist was los? Was verpasse ich? Ich möchte mich teilen können. Wo gehöre ich hin? Wer meint es ernst mit mir? Was ist meine Aufgabe? Ich bin nichts wert. Die Welt ist kalt, schlecht, leer. Die Menschen sind kalt, egoistisch, materialistisch, eingefahren, gefangen, unfrei, abgestorben, brutal, aggressiv, dumm, einsam, verloren. Ich bin verloren. Ich fühle zu viel. Was ist wahr? Wo fange ich an, wo höre ich auf? Wo beginnt die Lüge, wie lange bin ich mir selbst treu? Wie kann ich Sinn erzeugen? Was soll Sinn? Wie kann ich mich loswerden? Wie kann ich mich loswerden? Wie kann ich mich loswerden? Ich hasse mich. Ich bin hässlich und unbegabt. Ich kann mich nicht ein- und unterordnen. Ich habe in der menschlichen Gesellschaft keinen Platz. Die menschliche Gesellschaft ist mir zuwider. Ich hasse die Natur. Die Natur ist kalt. Ich bin glücklich in der Natur. Ich will Sex. Ich will Frauen. Ich bin stumpf. Ich hasse diesen Drang, ich will selber über mich bestimmen. Ich verachte Männer. Ich verachte das, was mir als Männlichkeit präsentiert wird. Was soll ich sonst sein? Kann man als Punk geschlechtslos sein und trotzdem Sex haben? Ich will Bewegung. Ich implodiere. Das Feuer brennt, ich will sterben. Ich brauche Schmerzen. Ich habe immer Schmerzen. Ich füge mir Schmerzen zu. Ich habe keinen Platz in dieser Welt. Wie bringe ich mich um? Ich habe keine Angst vor dem Tod, ich fürchte mich nur vor dem Schmerz. Ich muss mich kontrollieren, ich darf mich nicht wiederholen, ich darf nicht stehen bleiben. Wo seid ihr? Warum können wir uns nicht näher kommen? Warum lügen die Erwachsenen so? Heißt leben lügen? Was soll das Leben? Warum sind Menschen die Krone der Schöpfung? Was muss ich lesen, um dabei zu sein? Bin ich klug genug? Ist Dummheit das größte Erbe der Generationen? Bin ich stark genug? Bin ich würdig genug? Nein. Ich bin nichts, nichts, nichts. Ich bin ein Verlierer. Ich spüre die Kraft der Möglichkeiten. Welche ist die richtige? Warum ist auf einmal alles so schlecht? Was mache ich falsch? Warum lasst ihr mich nicht in Ruhe? Habe ich darum gebeten, Teil der menschlichen Gesellschaft zu sein? Nein, ich habe nur mitbekommen, dass es ratsam ist, danach zu trachten. Ich muss ausbrechen. Wie komme ich da raus, ohne mich ganz zu verlieren? Ich sollte mich umbringen. Ich bin süchtig. Ich kriege nie genug. Ich muss mich betäuben. Ich bin so aufgeregt. Wo ist der Griff zum Festhalten? Ist Gott ein seelisches Abbild der Eltern? Oder warum hört er mich nicht? Selbstmitleid ist meine zärtliche Krankenschwester. Ich habe Angst.

Mit vierzehn wirst du aus dem Paradies vertrieben. Die Welt wird groß und kalt und frei. Die Erkenntnis der eigenen Sterblichkeit trifft dich. Ab jetzt laufen die Sandukren ab. Ich renne mit offenen Armen dem Tod entgegen.

Musik wird unser Leben verändern

Auf mein Drängen hin hatten meine Eltern mir ein kleines Zimmer neben der Diele überlassen, das ich als Probenraum herrichtete. Das heißt, ich stellte ein altes Schrottschlagzeug rein, das ich zum Geburtstag bekommen hatte, und ein Radio, das wir als Verstärker benutzen wollten. Nachmittags trafen wir uns alle in dem Zimmer, jeder hatte ein Instrument dabei. Ich spielte Schlagzeug, Dietrich Trompete, David Gitarre, die anderen irgendwas.

Wir redeten über Musik, warfen alles durcheinander, fanden alles geil, wollten so geil wie die alle sein. Pistols, Dexy's, Clash, Elvis Costello, Cure, Pogues, Killing Joke, A Flock of Seagulls, Buttocks, Boskops, Buzzcocks, Madness, Selecter, Echo & The Bunnymen, Specials, Siouxie, Vapors, Vipers, Wire, Damned, Stiff, Anti-Nowhere League, Robert Wyatt, Psychic TV, Plastic Bertrand, Bowie, Iggy, New York Dolls, Richard Hell, Scritti Politti, The Fall, Blondie, Ramones, Dead Kennedys, Witch Trial, Pop Group, Kid Creole, Pig Bag, Gang of Four, Saints, Fehlfarben, Plan, Male, Der Moderne Mann, Malaria, Exploited, Kraftwerk, Discharge, Hass, Slime, Rheingold, Andi Giorbino, Jonathan Richman, Bauhaus, The Boys, Fischer Z, Zeltinger, Kassiber, Die Tödliche Doris, Andreas Dorau, Palais Schaumburg, Mittagspause, Swell Maps, PIL, DAF, KFC, ZK, FSK, ABC, OHL … Alles so wunderbare Musik.

Ich weiß noch genau, wie David uns das erste Mal einzählte, ich werde es nie vergessen: 4, 5, 12, äh, 6, 81, das war der erste Einzähler meines Lebens. Echt und genau so, ich hab's auf Band.

Es begann ein derbes Geschrubbe ohne Rhythmus und Harmonien, David gab wirre Anweisungen und versuchte, es immer noch verrückter klingen zu lassen, dilettantischer Freejazz ohne Gesang. Das mochte er gerne. David redete von Blurt, Popgroup, James White, Artho Lindsay, aber es klang ganz anders, sehr eigen. Auf jeden Fall zeichnete es sich durch seinen enormen Beknacktheitsgrad aus. Ich nahm alles mit einem Kassettenrecorder auf. Nach zwei Stunden Nervkrach hatten wir genug. Wir beschlossen, über den Bandnamen zu reden, und David drückte Mu-Err durch, wie diese chinesischen Pilze. Wir waren eine Kunstband. Zum Glück probten wir nie wieder, aber wir erzählten noch wochenlang herum, wir wären jetzt 'ne Band.

Ich übte wieder alleine. Schlagzeug und Gitarre.

Meine schulischen Leistungen ließen enorm nach, und in der achten Klasse blieb ich sitzen.

Ich hatte Ärger mit den meisten Lehrern, war unkonzentriert, frech, aufmüpfig und provozierend. Alle Studienräte hassten mich. Bis auf einige, die mich nicht hassten. Ich machte keine Hausaufgaben mehr und übte auch nicht für Klassenarbeiten. Ich hasste sie alle, sie waren so spießig und langweilig, so festgefahren. Und sie wollten mich nicht, denn ich nervte.

Mein Gehirn sträubte sich vollkommen. Ich konnte ihre Welt, ihre Ideen und Leistungsansprüche nicht mehr denken, wirklich nicht. In den Klausuren stopfte ich mir die Aufgabenstellung in den Kopf und drückte sie mit aller Kraft in meine Denkmaschine, aber sie ging dort nicht rein, es war, als wenn alle Ventile zugedreht wären, als wenn der Schlüssel nicht ins Schloss passen würde. An der mangelnden Leistungsfähigkeit meines Gehirns lag es wohl nicht, es lag daran, dass es nichts für ihre Aufgaben leisten wollte. Da konnte ich mich noch so zwingen.

Nur in Deutsch, Kunst und Sport war ich ganz gut. Das hing mit den Lehrern zusammen, die setzten mich weniger unter Druck als die anderen. Aber Ärger gab es auch hier. Bei den Bundesjugendspielen wurde ich während des 2000-Meter-Laufs disqualifiziert, weil ich mich weigerte, in Sportkleidung anzutreten, und stattdessen in langen, zerfetzten Jeans lief. Man winkte mich von der Bahn, obwohl ich kurz davor war, den zweiten Platz zu machen.

Und dann gab es noch den Geschichtskurs Nationalsozialismus. Er wurde von Lehrer Meese geleitet. Meese war wirklich speziell. Er war groß, dick und hatte ein cäsarenhaftes Auftreten. Er saß im CDU-Kreisvorstand und fuhr Mercedes. Alles eigentlich absolute Hassparameter für mich. Aber seltsamerweise mochte er uns junge Punks und ließ uns das spüren. Oft lief er durch die Schulgänge und wurde von seinen Punks begleitet, die vorwegeilten und kleinere Schüler aus seinem Weg traten. Sie waren seine Leibstandarte. Auch ich konnte mir bei ihm alles erlauben, und weil er mir viel durchgehen ließ, strengte ich mich in seinem Unterricht an, und plötzlich funktionierte mein Hirn wieder. Er spitzte uns auf die Lokalgeschichte von Schmalenstedt an und empfahl uns, einmal die Papiere im Stadtarchiv durchzugehen, dann würden uns die Augen aufgehen. Ich weiß nicht mehr, was ich im Einzelnen herausfand, aber für meine Arbeit und mein Engagement bekam ich sehr gute Zensuren. Am Jahresende hatte ich im Zeugnis die einzige Eins meiner Oberschullaufbahn stehen.

Hölle im Land der Engel

1981 kam ich in den Sommerferien in den Schüleraustausch der Arbeiterwohlfahrt nach Poole in Südengland. Mehrere Schüler aus unserer Stadt fuhren mit, aber mich interessierten eigentlich nur Malte und Flo Becker. Sie waren die kleinen Brüder von David und ebenfalls Punks. Beide hatten auf wunderschönste Art alle Schrauben locker, die zu lösen sich lohnte.

In Poole wurden wir auf unsere Familien verteilt. Ich landete mit einem Malersohn aus Schmalenstedt in dem kleinen Haus einer Arbeiterfamilie, deren Oberhaupt Brian hieß, ein Muskelberg, rothaarig und sympathisch. Als Begrüßungsessen gab es Hähnchen mit Pommes mit Spaghetti mit Spaghettisoße über alles rüber. Wir fanden das komisch, aber Brians Frau hatte die Hände in die Hüften gestemmt und schaute uns streng und stolz an, also aßen wir alles artig auf.

Dann mussten wir jeden Tag in die Englischschule. Schon wieder Schule, wie ich es hasste! Unsere English Mummy gab uns immer Päckchen mit Sandwiches mit Mixed Pickles mit, die wir so ekelhaft fanden, dass wir den Inhalt an einer Hausecke abschmierten und das Brot dann trocken aßen. An der Hausecke wuchs ein Poller aus Mixed Pickles, sie sah aus wie ein dickes krankes Kind. Brian nahm uns mit zu Sandbahnrennen und zum Angeln im Meer, und er brachte uns Vokabeln wie «bloody wanker» bei, wofür wir ihn sehr mochten. Ich fand England cool. Wie die sich dort benahmen, diese überall spürbare Härte bei gleichzeitiger Freundlichkeit! Wir waren in der Heimat von Punk und sehr stolz darauf.

Abends durften wir bis elf draußen bleiben, wir gingen ins Kino oder spielten Billard. Eines Nachmittags machten wir einen Ausflug ins benachbarte Bournemouth. Dort sollte es einen großen tollen Park geben, wo wir abhängen wollten. Wir waren zu viert, die Beckers, ich und ein Punk aus Raisdorf namens Kalle. Er war der erste Punk mit Iro, den ich kannte, den hatte er sich gleich nach der Ankunft in England schneiden lassen. Einheimischen Punks waren wir zu unserer Verwunderung erst wenigen begegnet, wir wussten ja nicht, dass das Ding hier schon längst wieder out war. Was es heißt, *in* zu sein, hatten wir begriffen, aber dass nach *in* irgendwann halt *out* kommt, hatten wir noch nicht auf der Reihe. Wir dachten, wir wären für immer in der hipsten Jugendbewegung der Welt.

Wir hingen also an einem Flussufer rum und tranken aus einer Martiniflasche, die Malte mitgebracht hatte. Irgendwann sahen wir einen Trupp kurzhaariger Typen mit Springerstiefeln durch den Park laufen und winkten sie fröhlich zu uns rüber. Es waren englische Skinheads. Wir wussten nicht, was Skinheads sein sollten, und hielten sie für Punks mit besonders kurzen Haaren. Es gab ein großes Hallo, und wir machten auf kumpelig, stolz darauf, endlich auf echte englische Punks getroffen zu sein. Die Jungs staunten nicht schlecht, spielten aber mit, weil sie nicht verstanden, warum wir nicht vor ihnen geflüchtet waren. Sie waren in der Überzahl und definitiv härter. Als Erstes nahmen sie uns die Martiniflasche weg und tranken sie aus. Das verstanden wir nicht, wir fanden das bescheuert, warum machten die das denn? Dann kam der Chef von ihnen an. Er hatte etwas längere Haare, eine fette Tätowierung auf dem Arm und wedelte mit so einem kleinen Union-Jack-Wimpel. Flo wollte sich ein bisschen lustig machen und nölte irgendwas von «Fuck England» und «God shave the Queen», was aber eher nett und kumpelig gemeint war. Wir hatten ja keine Ahnung von dem bescheuerten Nationalstolz der Engländer. Sofort fing der Typ an, Flo mit dem Wimpel durch das Gesicht zu fahren, und dann legte er mit der flachen Hand nach. Dabei blieb er ganz ruhig. Das war das Zeichen für die anderen. Sie fingen wie auf Kommando an, uns zu bespucken, zu treten und zu ohrfeigen. Wir waren total perplex. Was war denn jetzt auf einmal los? Was waren das denn für ungeile Punks? Malte schaltete am schnellsten. Er schrie uns zu, dass wir hier abhauen sollten, und wir rissen uns los und rannten wie um unser Leben. Die Skins blieben lachend stehen. In sicherer Entfernung und vollkommen außer Atem drehten wir uns um und schrien ihnen zu, dass sie ja wohl echte Arschlöcher seien. Wenigstens das. Die hatten uns nicht umsonst runtergemacht.

Danach waren englische Punks für mich gestorben. Wie viel besser waren doch unsere SH-Punks, wie frisch, gut und neu war Punk in Ost-Holstein. Dieses England hier konnte man vergessen, es hatte seine besten Momente offensichtlich hinter sich.

Immerhin brachte ich ein paar gute Scheiben, Klamotten und Badges mit. Eine Single der Members («Flying Again»), «Who Killed Bambie?» von den Pistols und die erste Duran-Duran-Single. Killing-Joke-Buttons, ein Shirt mit Wayne County/Jane County drauf… Immerhin. Beute fürs Dorf. Nun war ich Pilger, und ich war in Jerusalem gewesen. Aber Jerusalem stand nicht mehr.

Warhead

Fliegevogel hatte von seiner Mutter einen Monstergitarrenverstärker geschenkt bekommen, einen Ampeg mit 200 Watt, es war ein Brüllwürfel, ein echter Trommelfellzerstörer. Er brachte ihn mit, und wir fingen an zu proben. Fliegevogel spielte Gitarre, ich saß am Schlagzeug und sang. Nach kurzer Zeit kam Günni Herrmann dazu. Er war einer der coolsten Mopedpunks der Gegend und hatte den original Jebs-Helm, noch mit der alten Form. Günni spielte Bass und hatte einen eigenen Verstärker. Wir trafen uns regelmäßig zum Proben. Unsere Musik war grauenhaft, denn außer unserem begeisterten Dilettantismus hatten wir nichts, weder Kraft noch Tempo, noch Eigenständigkeit. Wir wollten so klingen wie UK Subs. Warum, weiß ich eigentlich gar nicht, ich hörte so gut wie nie UK Subs. Wir nannten uns Warhead, nach einem Titel der Band. Das klang cool. Wir probten unsere sechs selbst geschriebenen Stücke immer wieder. Dadurch, dass ich Schlagzeug spielte und gleichzeitig sang, konnte ich weder Tempo noch Melodie halten. Unsere Texte waren stark von Slime beeinflusst. Es waren Texte gegen Krieg und gegen die Bullen.

Ich seh sie stehen
Ich seh sie starten
Ich seh sie fliegen
Und explodieren
Ich seh die Menschen
Wie sie schreien
Wie sie laufen
Und krepieren

Daaas ist unsre Politik
Sie fördert nur den Atomkrieg

Allerdings hatten Slime die Kraft, mit ihrer Musik Stahlwände zu durchbrechen. Wir dagegen waren Schlaftabletten in Lederjacken. Das wussten wir natürlich nicht. Fliegevogel zersäbelte uns die Ohren mit seinem voll aufgedrehten Ampeg, Schlagzeug und Bass konnte man gar nicht mehr hören, was ihm nur recht war. Der Klang drang durch die Heizungsrohre ins Wohnzimmer meiner Eltern und raubte ihnen den letzten Nerv. Es war schlechte, nervige Musik, und es war ein Soundschutzwall gegen sie. Sie tun mir nachträglich Leid. Während wir uns über Monate kontinuierlich nicht verbesserten, meldeten wir uns bei einem Talentwettbewerb an, denn wir hatten das Gefühl, dass wir uns kontinuierlich verbesserten.

Unser erster Auftritt war im Schmalenstedter Soldatenheim. Dort fand ein großer Band-Contest statt, dessen Gewinner mit einem Titel auf einer Schallplatte vertreten sein sollte. Sieben Bands nahmen teil, ein Duo, das Simon and Garfunkel perfekt imitierte, «Big Bobel», die Haschisch-Bluesrock improvisierten, einige semiprofessionelle Bands aus dem weiteren Umland, die mit gewaltigen Anlagen auftauchten und Bombast-Rock à la Chicago oder Toto produzierten. Es gab Norbert, der «Ein bisschen Frieden» von Nicole vortrug, und es gab uns.

Wir mussten vor vierhundert johlenden «Rotärschen» auftreten, so nannten wir die Wehrdienstleistenden. Natürlich hatten wir versucht, eigene Fanscharen zu organisieren, und es waren tatsächlich etwa dreißig Kumpels da, die uns unterstützen wollten.

Wir kamen als Dritte dran. Vor uns waren «Big Bobel» mit ihrem Song «Big Bobel» auf der Bühne. Ich konnte dieses Hippiegedudel nicht ertragen, obwohl sie hundertmal besser spielten als wir. Ihr Scheißtext handelte vom Kiffen, und das verachteten wir sowieso. Danach gab es die perfekte Simon-and-Garfunkel-Imitation, die kriegten viel Beifall, waren aber langweilig.

Dann wurden wir auf die Bühne gerufen. In einem kurzen Interview erklärte ich, dass wir «Warhead» hießen und Punks seien. Ich war so unsicher wie noch nie in meinem Leben. Unsere Fans johlten. Schließlich spielten wir unser Stück runter, es hieß «Work». Drei öde Akkorde und ein mauer Text über die Langweiligkeit des normalen Berufslebens. Ich glaube, zu dem Zeitpunkt waren wir schon ein bisschen von The Cure infiziert und dadurch noch behäbiger als zuvor schon. Dieses Stück über Langeweile bot die perfekte Entsprechung von Form und Inhalt. Das Publikum johlte aus Verachtung und unsere Fans aus Anteilnahme. Zum Glück war nach vierzehn Minuten alles vorbei, und wir zogen unter Pfiffen von der Bühne. Wir schämten uns vor unseren Leuten, machten aber auf dick. Unsere Fans reagierten mit den ersten Trostfloskeln, die ich in meiner musikalischen Laufbahn zu hören bekam. «Was denn? War doch ganz gut.» Oder: «Der hintere Teil von dem Song ist echt geil!» Und so weiter.

In der Wertung kamen wir auf den vorletzten Platz. Wir waren im Punksinne stolz darauf, wir waren Abfall.

Letzter wurde Norbert, dem die unglückliche Kombination seiner Songauswahl und seiner Hasenscharte nicht eben zum Vorteil gereicht hatte, obwohl er wirklich schön singen konnte. Für die Rotärsche war er ein gefundenes Fressen.

Erster wurden, glaube ich, irgendwelche Schönberger Epicrocker, totaler Schrott eben.

Beim Rausgehen mussten wir stark darauf achten, nicht noch was vor die Kauleiste zu bekommen. Die Rotärsche hatten das Gefühl, ihr Revier verteidigen zu müssen. Sie waren wie ein großes Rudel dummer Köter, und ich hasste sie für ihre opportune Stumpfheit, ihre Seele hatten die sowieso am Kasernentor abgegeben.

Wir legten erst mal eine Probenpause ein.

Gewalt ist unser Geld, und wir wollen gerne zahlen

Die meisten kriegerischen Auseinandersetzungen außerhalb von Meier's gab es auf dem Marktplatz.

In Ermangelung ernsthafter Freizeitangebote an die Schmalenstedter Jugend hielten wir uns die meiste Zeit dort auf.

Es gab ja nur das öde Haus der Jugend mit seinem Kicker und dem Fernsehraum, und selbst da tauschte die Stadtverwaltung unseren Jugendschimanski Schorsch Lebewohl gegen einen Vereinswart aus, der zwar nett war, aber besser in einen Kleingartenverein gepasst hätte.

Also hingen wir am Marktplatz oder am Stadtteich rum. Wir waren die Eiterbeulen im Gesicht der alten Dame Schmalenstedt. Eine Schande.

Auf dem Weg zum Markt schrie mir einmal irgend so ein Spießer über den Gartenzaun zu, mich hätte man ja wohl bei Hitler vergessen zu vergasen. Das brachte mich auf die Idee, die Asche von Hitler auf dem Schmalenstedter Flohmarkt zu verkaufen. Ich besorgte mir ein paar weißglasige alte Weinflaschen, füllte etwas Asche hinein und klebte Etiketten drauf: Elvis, Stalin, Kohl, Sid Vicious, Hitler. Auf einen leeren Benzinkanister schrieb ich «Jesus». Ich wollte pro Flasche zwei Mark fünfzig, für den Kanister fünf Mark. Leider blieb ich auf allem sitzen, dafür sagte man mir, dass ich selber auch bald in so eine Flasche kommen würde. Ich ließ die Flaschen als Schenkung an die Stadt und die Öffentlichkeit stehen.

Der Schmalenstedter Marktplatz ist so groß wie ein Fußballplatz. Damals war er geteert, hatte in der Mitte Parkplätze und außen herum eine Straße, um die Parkplätze zu erreichen. Dahinter standen die Geschäftshäuser, alles schön pittoresk und aufgeräumt. Auf der Straße um die Parkplätze drehten die Opel-Prolls kontinuierlich ihre Runden.

Wir verbrachten Tage und Wochen in einer Art Kleinkrieg mit dem örtlichen Sportbekleidungsverkäufer Ehlers, dessen Geschäft an der Paradeseite des Marktplatzes lag. Die Schaufenster hatten breite, niedrige Fensterbänke, die sich hervorragend zum Draufrumfläzen eigneten. So konnten immer einige von uns sitzen, die anderen hingen auf dem Boden rum. Das war unser Lieblingsplatz. Natürlich traute sich kein Kunde mehr, einen Blick in die Auslagen zu werfen, wir waren hässlich, laut und penetrant.

Mittags, wenn die Schule vorbei war, trudelten wir peu à peu ein. Manchmal waren es bis zu zwanzig Leute, die dort rumhingen, meistens aber eher so zwischen drei und zehn. Je überschaubarer die Lage war, desto öfter kam Ehlers raus, um uns zu vertreiben. Am Anfang versuchte er es noch im Guten und bat uns mehrfach zu gehen. Hätten wir wahrscheinlich auch getan, wenn es eine wirkliche Alternative gegeben hätte. Die gab es aber nicht. Und wir waren auch zu stolz, um uns vertreiben zu lassen. Keiner von uns trug Markenklamotten, auch keine gekauften Punkaccessoires, bis auf Nieten, zumindest zu diesem frühen Zeitpunkt nicht. Alles war secondhand und selbst genäht beziehungsweise gedrahtet oder getackert.

Also saßen wir die Sache aus. Und Ehlers' Kampf wurde über die Monate immer verzweifelter. Irgendwann fing er an zu schreien. Da hatte er sich aber die Richtigen ausgesucht, Schreien fanden wir auch gut. Er geriet mit Piekmeier aneinander. Piekmeier war groß, stark und wild, ein echtes Waldbiest. Sie schrien sich an, dann wurden sie handgreiflich und nahmen sich gegenseitig in den Würgegriff, bis Ehlers nach einiger Zeit keuchend verschwand. Schließlich kam er mit einem Eimer Wasser wieder. Er kippte ihn auf uns, wir sprangen kreischend vor Freude zur Seite und johlten vor Begeisterung. Je mehr Ehlers gegen uns unternahm, desto mehr Spaß hatten wir. Er rief die Polizei, aber die konnten auch nichts gegen uns ausrichten. Wenn sie kamen, standen wir einfach auf und gingen weg. Wenn sie fuhren, setzten wir uns wieder hin. Ist schließlich kein Verbrechen.

Sonntags war Ehlers nicht da. Dann wurde uns oft schnell langweilig. Eine Zeit lang spielten wir «Bullen rufen». Das ging so, dass derjenige, der als Erster die Idee hatte, heimlich zur Telefonzelle ging und den verplombten Nothebel umlegte, um die Polizei zu rufen, weil auf dem Marktplatz angeblich Punker randalierten. Dann versteckte sich der Denunziant, wartete auf die Bullen und konnte genüsslich zusehen, wie alle anderen flüchten mussten und durch die ganze Stadt gejagt wurden, wenn die Kleinstadtpolizisten mit Vollgas und Tatütata auf den Markt gefahren kamen. Ein Mordsspaß.

Einmal wurde nachts auf dem Friedhof randaliert. Irgendjemand hatte mehrere Grabsteine umgetreten und Gräber zertrampelt. Sofort ging in der Stadt die Mär um, wir seien die Täter, und in Schmalenstedt formierte sich so etwas wie eine Bürgerwehr. Sie fingen alle Kurzhaarigen ab, deren sie habhaft werden konnten, bevorzugt allein, und verprügelten sie. Einer nach dem anderen war dran. Dietrich, Sid, Piekmeier …

Ich stand beim Stadtfest auf dem Marktplatz, als zwei gigantische Hände von hinten meine Schultern packten und mich umdrehten. Ich musste hochschauen, um zu erkennen, dass es Klodeckel war, der da vor mir stand. Klodeckel war eine Art Nazi-Bigfoot, ein stumpfer Riese mit Ion-Tiriac-Bart, nicht schnell, aber brutal, und er hatte mich erwischt. Wie ein Schraubstock hielten seine Hände meinen Kopf nach unten, während sein rechtes Knie einer Dampframme in Zeitlupe gleich in mein Gesicht krachte, bis mir das Blut aus der Nase floss. Das mochte er gerne. Irgendwann schmiss er mich wie einen alten Teddy zur Seite. Ich schwor, für die Rache abzuwarten, bis er alt und hilflos war. Jetzt wäre es eigentlich so weit.

Ein anderes Mal kam ich nachts mit Sonny und Bea von Meier's zurück. Die beiden waren seit einiger Zeit zusammen und so was wie ein Punk-Traumpaar. Bea war wirklich das widerspenstigste Mädchen im Umkreis von dreißig Kilometern, sehr lustig und voller guter Einfälle. Sie war die Tochter eines Schmalenstedter Versicherungsdirektors, aber das sah man ihr nicht an, mit ihren kaputten Strumpfhosen, Nieten überall und blonden Haaren samt lang ins Gesicht hängenden Strähnen. Sonny war sowieso Musterpunk. Er und sein Bruder Jochen sahen immer aus wie Sid Vicious als Zwillingspaar, schwarze Jeans, Lederjacke, Haare stachelig, Moped unterm Arsch. Wir standen vor der Kreissparkasse, es war circa zwei Uhr nachts, und redeten, rauchten noch eine Runde Selbstgedrehte, da hielt auf einmal ein paar Meter von uns entfernt ein kleiner BMW mitten auf der Straße. Zwei Typen stiegen aus. Der eine war etwas kleiner als sein Mitfahrer, stämmig und mit Vollbart. Wir gingen zu ihnen hin und fragten, was los sei. Irgendwie kamen wir mit ihnen ins Gespräch, aber auf einmal holte der Bärtige aus und gab mir eine Kopfnuss, dass mir sofort die Nase aufplatzte. Ich trug damals an beiden Armen breite Lederarmbänder und unter dem linken zur Selbstverteidigung immer ein langes Steakmesser. In meiner Wut riss ich es aus dem Ärmel, ging auf den Typen los und brüllte, dass ich ihn jetzt abstechen würde und solche Sachen. Minutenlang rannte er schreiend um das Auto und ich immer hinterher. Der andere Vogel stand derweil völlig perplex daneben. Dann kam zum Glück die Polizei, um dieser Posse ein Ende zu bereiten, wir waren schon völlig außer Atem. Sie nahmen die beiden fest, irgendwas hatten die ausgefressen, und uns zwangen sie unter Androhung von Jugendklapse auf den Heimweg. Diesen Kampf konnten wir halbwegs als gewonnen ansehen.

Vom Markt aus führt eine kleine Straße zum Gleisplatz, einer unwichtigen Ecke in der unteren Stadt. Über diese Strecke kam ich in einer anderen Nacht zu Fuß von Meier's zurück. Kurz vor dem Marktplatz hielten mich drei Typen an, breite, stämmige

Bauernschläger und dazu total besoffen. Wo hier noch was los sei, wollten sie wissen. Ich versuchte, sie ins Top Ten zu schicken und loszuwerden, ohne dass ihnen auffiel, dass ich Punk war.

Leider hatten sie es da schon versucht, und es war zu. Anlass genug, sofort wieder das alte Nasenspiel zu beginnen. (Erst jetzt beim Schreiben fällt mir auf, wie oft ich auf die Nase bekommen habe. Das muss etwas mit zerstörerischem Neid zu tun gehabt haben.) Der Kleinste und Stärkste von ihnen griff mich an der Gurgel und gab mir eine Kopfnuss. Mir fiel ein, dass ich eine 8-Millimeter-Gaspistole dabeihatte. Flo hatte sie mir besorgt, da ich zu dem Zeitpunkt noch nicht volljährig war. Ich zog sie und richtete sie auf die drei, während ich einen Meter zurücksprang. Ich schrie sie an, dass sie Schweine seien, was sie von mir wollten, ich hätte ihnen doch nichts getan. Dann erinnerte ich mich, dass ich nur eine einzige Patrone im Lauf hatte. Ich drehte mich um und sprintete los, setzte auf den Überraschungseffekt. Das Problem war bloß, dass ich aus Coolnessgründen keine Schnürsenkel trug. So verlor ich nach wenigen Metern meine Schuhe und flog der Länge nach auf die Fresse, wobei mir die Pistole aus der Hand rutschte. Die Typen standen zuerst fassungslos da, kamen dann aber gleich angerannt. Ich konnte nicht fassen, wie ungerecht die ganze Sache hier lief.

Bauern: Komm her, du Sau, jetz gibs Maul!

Ich: Ey, lasst mich los, ihr Schweine …

Bauern: Was? So, pass auf …

Ich: Ey, warte mal, so eine Scheiße, wenn euch das passieren würde!

Bauern: Hä? Was?

Ich (zornig und den Tränen nahe): Na, ihr geht ’ne Straße lang und wollt nach Hause. Da kommen so Typen und schlagen euch total grundlos aufs Maul. Was hab ich denn getan? Hä? Was denn?

Bauern (erst überlegend, dann auftrumpfend): Na, wenn du uns nich sachst, wo was los ist …

Ich: Wieso, hab ich doch, aber da wart ihr ja schon. Was kann ich denn dafür?

Bauern: Hä? (einer zum anderen) Oder hat der was anderes Bescheuertes gemacht? Oder warum kricht der auf Maul? (Anderer Bauer zuckt mit den Schultern.)

Ich (zu dem Kleinen): Siehst du, ich hab nämlich nichts gemacht, was soll das denn? (Heulend, weil ich mir die Arme aufgeschürft hatte und meine Nase blutete und alles so Scheiße war.)

Der kleine Bauer (für mich vollkommen unerwartet): Ey, na komm, tut mir Leid, das wollten wir so auch nich, wenn du nich was gemacht hast, denn kris du auch nich auf Maul … (Er hilft mir auf; diffuses, besoffenes Mitleid der drei umhüllt mich.)

In dem Moment betrat ein alter Feind von mir die Szene, ein widerlicher Alkproll, der mich oft angemacht hatte und schon lange auf die Möglichkeit wartete, mich fertig zu machen. Er sah, wie die drei Bauern mich am Arm hielten, und dachte, da könne er sich konstruktiv einbringen. Zähnebleckend kam er näher und nölte was von «aber jetz endlich auffe Fresse hauen». Doch als er in Reichweite war, ließ mich der stämmige Bauer los, schnappte sich den völlig überraschten Alki und schlug ihm präventiv die Fresse ein, bis er winselnd auf dem Boden lag. So geht's ja wohl gar nicht, fremde Opfer wegschnappen, muss der Bauer sich gedacht haben. Während sich die Aufmerksamkeit aller auf diesen Kampf richtete – es hatte sich mittlerweile ein Pulk auf der Straße gebildet –, machte ich mich leise und vorsichtig davon, barfuß. Hundert Meter weiter stand hinter einer Ecke eine junge Frau. In der Hand hielt sie meine Pistole. Sie richtete sie auf mich. Eine Weile standen wir stumm da, dann hielt sie sie mir zögernd hin. Sie hatte schwarze Augen. Der Mond schien ihr ins Gesicht, und hinter mir hörte ich den schreienden Prügelhaufen. Wir standen uns gegenüber, zwischen uns die Pistole in meiner Hand. Dann gingen wir jeder für sich nach Hause.

Der Hypnotiseur

Bei Meier gab's immer wieder Attraktionen. Oft spielten dort bekannte Bands wie Lake oder Ian Cussick, ab und zu auch Musiker aus der Gegend, beispielsweise eine Band aus Laboe, die so klang wie Supermax, also ganz geil.

An einem Wochenende stand eine spezielle Show auf dem Programm, die wir alle gerne sehen wollten. Ein Hypnotiseur sollte kommen, ich glaube, sein Name war Cally. «Callys Hypnoshow», das fanden auch wir Punks spannend, in manchen Punkten gingen wir mit den Bauern dann doch d'accord. Wir hatten schon von Hypnoseshows gehört, aber keiner von uns glaubte, dass das funktionierte.

Am betreffenden Abend war es bei Meier brechend voll, alle warteten gespannt auf Cally, und DJ Pinki musste sich bemühen, dass seine Musik nicht ganz unbeachtet blieb.

Um 22.30 Uhr verstummte die Musik, und der sagenumwobene Cally betrat mit einer Assistentin die geflieste Discotanzfläche. Er war etwa 45, groß, massig und trug einen hängenden Schnauzer, so einen Proll-Bart wie Lemmy von Motörhead, der von den Mundwinkeln bis zum Kinn reicht. Er wirkte Respekt einflößend, die Discobesucher bildeten einen großen Kreis um ihn herum. Er suchte nach Freiwilligen, und sofort meldeten sich etwa dreißig Frauen und Männer. Die meisten von ihnen kannte ich, aus der Schule oder von hier. Der Einzige aus unserer Punk-Gang, der sich meldete, war Honk. Er trat mit den anderen Freiwilligen nach vorne auf die Tanzfläche, wo sie sich zu einem Pulk formieren mussten, der in Callys Richtung schaute. Honk hatte sicherheitshalber seine Flasche Flens in der Hand behalten, das Ganze sollte ja auch Spaß machen. Cally ließ das Licht runterdimmen, und als der Saal relativ dunkel war, legte Pinki den Bolero von Ravel auf. Cally fing an, mit ruhiger Stimme auf die Leute einzureden, das übliche Hypnosegerede, von wegen: «Ihr werdet ganz müde, wenn ich rückwärts von zehn auf null gezählt habe, schlaft ihr tief und fest ein ...» Gesagt, getan, bei null schliefen alle Kandidaten tatsächlich ein. Die Assistentin ging herum und legte jeden Einzelnen rücklings auf den Boden. Der Letzte, den sie hinlegte, war Honk. Während sie ihn herabließ, sah ich, wie er blinzelte. Der Hypnotiseur fing nun an, auf seine Opfer einzureden und ihnen Befehle zu geben. Er erzählte ihnen, dass sie Hunde seien und er ihr Herrchen. Sofort richteten sich alle auf, ließen ihre Zunge raushängen und wedelten mit imaginären Schwänzen. Honk richtete sich zwar auch aus seiner Rückenlage auf, schien dann aber in seiner Halbtrance auf eine bessere Idee zu kommen, denn ich sah, wie er mit der einen Hand in seiner Tasche suchte, die Flasche fand, sie an den Mund setzte und nun vollends erwachte. Das Bier holte ihn aus der Trance zurück! Er stand auf, schaute verächtlich auf die begeisterten, sabbernden Hunde um sich herum und verließ die Tanzfläche. Cally kümmerte sich nicht weiter um ihn; er ließ seine Gruppe Zitronen essen und behauptete, es seien saftige Orangen, er ließ sie mit Stühlen tanzen, von denen er sagte, sie seien die angebeteten Liebespartner der Tanzenden. Ich sah Leute in enger Umschlingung mit Stuhlbeinen Zungenschlag machen. Schließlich befahl er einem Klassenkameraden von mir, die Zahl Sechs zu vergessen. Dann weckte er ihn mit einem Fingerschnips auf. Der jäh Erweckte stand verwirrt inmitten des Raumes und wusste nicht recht, wie ihm geschah. Cally bat ihn, einmal seine Finger durchzuzählen. Er tat wie ihm geheißen und zählte. Von eins bis fünf ging es noch relativ flüssig, die Sechs fehlte, und von da an wurde sein Weiterzählen von immer größeren grüblerischen Pausen unterbrochen, bis er mit tonloser Stimme bei elf angekommen war. In seinen Augen stand blankes Entsetzen. «Hattest du denn schon immer elf Finger?», fragte der Hypnotiseur scheinheilig, schnipste einmal, und sofort war der Bezauberte wieder eingeschlafen. Cally gab ihm die Sechs wieder.

Eine andere Schulfreundin legte er mit dem Kopf auf einen Stuhl und mit den Füßen auf einen anderen, ihre Mitte hing wie ein Brett in der Luft. Respektvoll beobachteten wir ihre Muskelleistung und fragten uns, wann sie wohl zusammenklappen würde. Cally allerdings zog seine Schuhe aus und platzierte seine mindestens hundert Kilo Körpergewicht auf ihren Bauch, genau in der Mitte zwischen beiden Stühlen. Wir waren baff. Wie ging das denn? Ein Fake war doch nicht möglich, oder? Schließlich weckte Cally auch sie aus der Hypnose auf, und sie verließ augenreibend, aber bester Gesundheit das Rampenlicht. Tosender Applaus beendete die Show, und alle Anwesenden bestürmten sofort ihre verzauberten Freunde, um sie zu fragen, wie es denn gewesen war. Keiner konnte etwas berichten, sie hatten alles vergessen und hörten sich ungläubig an, was sie vor uns aufgeführt haben sollten. Später stand Cally mit Pinki und Horst Günther rauchend am Tresen. Das war ein Trio der Macht, der Herrscher des Discoplaneten, der Fürst der Musik und ihr dunkler Magier. Wir standen um sie herum, aber sie würdigten das Fußvolk keines Blickes. Jeder schwächliche Versuch einer Kontaktaufnahme wurde von Cally verächtlich ignoriert. Wenn wir nur an sein Geheimnis kämen, alles würde sich verändern, unser Dorf, die Welt. In unseren Händen wäre es besser aufgehoben als in seinen. Er zockelte damit durch Discotheken und bezauberte Prolls für ein paar Mark, er war ein magischer Teppichvertreter, für Style hatte der keinen Sinn. Aber wenn wir wüssten, wie das funktioniert, würden wir die Schule abschaffen, den Kapitalismus und den Staat. Das waren Visionen. Staat durch Hypnose abgeschafft!

Schweine würden zu Freunden werden, Langweiler zu Aktionisten, Hässliche zu Angebeteten, Schöne zu Handwerkern, ein Karussell der Hierarchien. Alle wären gefangen unter der Glocke der Verblendung. Aber zu ihrem Vorteil. Dachten wir.

Von Anfang an waren wir eine gemischte Gruppe. Es gab in etwa genauso viele Jungs wie Mädchen, wenn auch die meisten Mädchen äußerlich doch ziemlich im Rahmen des Normalen blieben oder sich wavig gaben. Einzig Bea, Ita und Fee sprengten das strenge weibliche Schönheitsdiktat komplett auf und schissen auf die Formen. Das hing auch damit zusammen, dass wir Typen uneingestandenermaßen gar nicht dazu bereit waren, die herkömmlichen Vorstellungen von weiblicher Schönheit vollständig aufzugeben. Wir waren eben doch schon sehr weit geprägt von dem Idealbild, wie es etwa die Delial-Werbung vermittelte. Schwarze lange Locken, braune schwitzende Frauenhaut unter gelbem Bikini.

Wir mochten Punketten, sie waren unsere Freundinnen, aber heimlich standen wir auch auf Poppermädchen mit langen Haaren, fessellangen Leinenhosen und beigen Pullis mit V-Ausschnitt. Obwohl wir selber dreckige, verstunkene, wilde Typen waren, reizte uns die Vorstellung gepflegter Sauberkeit. Wir wollten am liebsten zu den reichen Schnöseln in ihre sauberen Wohnungen und ihnen ihre duftenden Töchter wegnehmen. Wir waren in unseren Geschlechterrollen nicht halb so frei, wie wir dachten.

Ich wusch mich selten, duschte vielleicht einmal in der Woche, putzte mir ungern die Zähne und trug so viel Kunstfaser am Leib, dass ich nur noch transpirierte. Piekmeier genauso. Florian musste sich duschen, weil er seit 1981 eine Lehre als Versicherungskaufmann machte. Nur seiner Mutter zuliebe, wie er beteuerte. Wir zogen ihn gerne damit auf, dass er jetzt ein «Part-Time Punk» sei, wie es in dem Song von TV Personalities so schön heißt. Es gab einige solche Feierabend-Punks bei uns, der Druck von außen war stark. Einmal kam Dietrich ins Haus der Jugend und sah aus wie einer von der Jungen Union. Wir waren irritiert. Im Fernsehraum zog er seine saubere Jeans und das weiße T-Shirt aus, darunter kamen saucoole, stinkende Fetzen zum Vorschein. Als er nach Hause ging, kam der ordentliche Fummel wieder drüber.

Liebesverbindungen gab es bei uns in der Gang wenige. Wir Typen waren ziemlich asexuell und taten immer so, als wenn Sex das Widerlichste wäre, ungefähr so schlimm wie Schwulsein für Rapper. Wir taten, als wären wir unberührbar und könnten uns Sex, wenn überhaupt, nur ohne Gefühle, ohne Zärtlichkeit vorstellen. Wir wollten ja definitiv das Gegenteil von sentimentalen, weichen Hippies sein. Das machte uns einsam. Und seitdem ich mich immer weiter von meiner Familie abwendete, kannte ich es auch gar nicht anders. Diese Kälte war für mich normal, aber manchmal fühlte ich ein dunkles Loch in mir, so tief, dass ich nicht bis zum Grund vordringen konnte. Mir war das Zusammensein mit einem Mädchen nicht so wichtig wie das Zusammensein in der Gruppe. Die Gruppe war immer da, irgendjemand hatte immer Zeit, die Gruppe bot immer etwas Neues, Spannendes, Wildes. Alle, die Beziehungen anfingen, sah ich als verloren an. Verloren an die Liebe, an die Langeweile, die Ruhe, die Gemütlichkeit, das Vergessen, das Erwachsensein, die Spießigkeit und den Tod. Wenn ich oft genug hinter einem dieser an die Liebe Verlorenen hertelefoniert hatte, gab ich es irgendwann auf. Wie konnten sie nur *alle* für *eine* hergeben? Wir wollten doch anders leben als alle anderen.

Meine eigenen sexuellen Berührungen waren punktuell und kamen nur unter Zuhilfenahme von Alkohol zustande. Ansonsten hätte ich mir dieses unerträgliche Ausmaß an Nähe nie angetan. Die Ersatzfamilie war auch deshalb gut, weil man jederzeit gehen konnte, es waren immer genug für alle da.

Natürlich blieb ich trotzdem anfällig für Versuchungen. Simone Lamp wollte mich auf einer Party mit ihrer Freundin Evelyn verkuppeln. Wir feierten zu sechst bei ihr zu Hause in ihrem Zimmer, und es war unter den Mädchen schon fest verabredet, dass Evelyn und ich miteinander Sex haben sollten. Ich war eingeweiht, gefragt hatte mich keiner. Alleine dieses Gemauschel vorher war schon so unglaublich aufregend. Wir hatten uns noch nie geküsst, kannten uns kaum, guckten uns schüchtern an und wussten doch, gleich würden wir nach nebenan gehen, und dann würde es passieren. Also unterhielten wir uns über alles Mögliche, nur nicht über Liebe, Zärtlichkeit oder Sex. Schließlich stand Evelyn auf und ging ins Gästezimmer. Das war das Zeichen. Ein paar Minuten später verließ ich unter einem Vorwand das Zimmer und ging hinterher. Ich hatte wahnsinnigen Schiss. Wie sollte ich das denn anfangen? Ich konnte doch nicht einfach in das Zimmer gehen, mich ausziehen und wortlos mit Sex beginnen. Was sollte ich sagen, was war normal? Verlegen öffnete ich die Tür und trat ein. Evelyn stand im Raum und hatte bereits ihren Pullover ausgezogen. Ich stotterte irgendwas, aber sie zog mich wortlos an sich ran, und wir küssten uns schüchtern. Dann zog sie sich aus und legte sich nackt aufs Bett. Ich fand das unglaublich. Sie war so schön, und ich hatte keine Ahnung, was ich tun sollte. Ich hatte noch nie vorher mit einer Frau geschlafen, und Evelyn war offenbar viel weiter als ich. Während sie sich ein Verhütungsmittel einführte, zog ich mich aus. Ich glaube, ich war ein wirklich stümperhafter Liebhaber. Ich streichelte sie unbeholfen, versuchte, mich daran zu erinnern, wie die Typen es in Pornofilmen, die ich gesehen hatte, machten, legte mich zwischen ihre Beine und kam sofort. Sie tat so, als wenn es trotzdem okay gewesen wäre, lächelte und versuchte mir die Scham zu nehmen, aber mein verletzter Stolz brannte schmerzlich. Ich Versager. Wir zogen uns an und gingen wieder nach nebenan. Vor den anderen zog ich mich durch irgendwelche dummen Sprüche aus der Affäre, aber das Thema Sex war fürs Erste wieder ad acta gelegt. Alles andere war besser als das.

Die, die sich auf längere Beziehungen einlassen konnten, berichteten bald von gutem Sex, wir anderen blieben verschanzt wie in einer Burg, wie in einem sexuellen Hungerturm, bis wir einer nach dem anderen von unseren ersten wirklichen Lieben daraus befreit wurden.

Bis dahin beschäftigten wir uns mit uns selbst.

Ich klaute im Zeitungsladen Erotikmagazine oder fertigte aufwendig mit Bleistift Sexzeichnungen an. Eine dieser Zeichnungen, eine fulminante Fellatiophantasie, erarbeitete ich in stundenlanger Akribie und ließ sie dann dummerweise auf meinem Schreibtisch liegen. Am nächsten Tag, als ich nach Hause kam, war die Zeichnung weg. Die Putzfrau? Mir wurde schlecht vor Scham, und ich konnte ihr wochenlang nicht in die Augen schauen. Was hatte sie mit meiner Blasstudie gemacht? Ich konnte sie nicht fragen. Ich fühlte mich beraubt. Sie hatte sie sicherlich angewidert weggeschmissen.

Aber ich hatte auch aufregende Rendezvouz mit der Einsamkeit. An einem warmen Frühlingsabend brach ich vom Besuch bei einer Freundin auf, die in der Nähe der Ostsee wohnte. Es dämmerte schon, und da kein Auto über die engen Landstraßen fuhr, das ich hätte anhalten können, ging ich zu Fuß los. Ich wanderte vorbei an den farblosen Feldern, Hecken und Siedlungen, etwa eine halbe Stunde bis zur Umgehungsstraße, und als ich dort ankam, war es bereits richtig dunkel. Es war einer dieser Abende, der alles verschluckt, kein Mond stand am Himmel, nur ein paar Sterne blinkten in der stockfinsteren Nacht. Ich wartete ewig im Dunkeln, aber die wenigen Wagen, die vorbeifuhren, machten keine Anstalten anzuhalten. Eine Mischung aus Langeweile und Furcht erfüllte mich. Die Kreuzung war groß und umgeben von dichtem Gebüsch und hohen Bäumen, ich stand an ihrem Rand, ganz alleine, ganz offen und doch kaum zu sehen. Ein leichter Wind wehte. Die Zeit verging zähflüssig, ich war hier festgebacken, es gab kein Telefon, noch nicht mal ein Feuerzeug hatte ich dabei. Ich stellte mich mitten auf die Kreuzung und breitete die Arme aus. So würde ich stehen bleiben, egal, was passierte. Das nächste Auto musste halten, freiwillig oder unfreiwillig. Ich ließ die Hose runter und öffnete mein Hemd. Der warme Wind strich über meine Haut. Die Dunkelheit umgab mich wie Wasser, drang in mich ein. Direkt hinter der Kreuzung machte die Umgehungsstraße eine Kurve. Wie schnell konnte ich die Hose wieder hochbekommen? Und hinter dem Gebüsch führte der Fahrradweg vorbei. Wenn da jemand ohne Licht langfuhr? Ich fing an, es mir zu machen. Ich ließ den Kopf in den Nacken gleiten und sah ins Nichts. In der Ferne hörte ich ein Auto. Kam es näher, oder fuhr es weg? Egal. Ich würde schneller sein. Das Gefühl war toll, meine Nacktheit, die Anspannung, der Ort und die Nacht. Ich kam mitten auf der Kreuzung und hinterließ sechzig Millionen potenzielle deutsche Kinder auf dem Asphalt. Einen Moment lang blieb ich in dieser Verbindung zwischen Himmel und Erde hängen. Dann hörte ich Motorengeräusche und riss mir die Hosen hoch. Möglichst normal und unsexuell dreinschauend, hielt ich meinen glänzenden Daumen ins Scheinwerferlicht. Das Auto stoppte. So kam ich zum zweiten Mal in kurzer Zeit. Aber diesmal nach Hause.

In der Schule ging es mit mir derweil immer weiter bergab. Meine Eltern schlugen mir daher einen Wechsel auf die Realschule vor. Zum einen meinten sie damit einer eventuellen intellektuellen Überforderung meines Gehirns aktiv entgegenzutreten, zum anderen schien diese Idee diplomatisch geschickt, denn ich wäre aus dem Einflussbereich der konservativen Studienräte, die auf mich allergisch reagierten, heraus und hineinversetzt in den Wirkungsbereich der liberaleren Realschullehrer, die gleichzeitig zum Kollegium meines Vaters gehörten. Er hätte also sowohl auf mich wie auf sie mäßigend Einfluss, glaubten sie. Fehleinschätzung. Ich fand alle Lehrer Scheiße. Bis auf Herrn Meese und Frau Nevermann. Und mit meinem Vater, den ich als Geschichtslehrer hatte, verstand ich mich auch. Aber das durfte ich vor meinem Punkkollegium so wenig zugeben wie er vor seinem Lehrerkollegium.

Ich trieb mein Unwesen in der neuen Schule mit Sonny und Bernd, manchmal auch mit Piekmeier und Flo, obwohl die schon drei Jahre älter waren.

Gleich neben der Schule gab es so eine Art Seniorenwohnblock. Dort hatte Karl Kindermann, der beste Freund von David, der schon volljährig war, eine kleine Wohnung gemietet. Nachts konnten wir hier über den Balkon einsteigen. Im Wohnzimmer stand immer ein Sofa mit Decke für einsame Rumtreiber bereit, manchmal auch noch Wein. Diese Wohnung war ziemlich konspirativ, sie sah aus wie die RAF-Wohnungen, die man aus dem «Spiegel» kannte, kahl, trist, existentialistisch. Kindermann war ein sonderbarer, einnehmender Mensch. Ein hünenhafter, nordischer Bauernsohn, dabei sehr intelligent und gebildet und von ausgesucht freundlichem, ruhigem und humorvollem Temperament. Er sprach nicht viel, aber dafür war jedes seiner Worte überlegt. Meistens saß er in einem Hinterzimmer und übte Kirchenorgel. Wenn er nicht zur Schule wollte, was des Öfteren vorkam, schrieb er sich selbst Entschuldigungen, auf denen stand: «Entschuldigung, ich konnte nicht kommen.» Das war das Lustigste für mich. Er war frei.

David hing oft bei ihm ab, und sie schlaumeierten über dies und das. Ein Dritter gehörte auch noch zu ihrem Bund. Er war so groß wie die beiden anderen, aber der definitiv Bestaussehende. Wir nannten ihn HB, er kam aus Blome, und sein Vater war Kapitän. Auch er war eine Ausgeburt an Selbstsicherheit, intelligent, gebildet und sehr auf seinen eigenen Stil bedacht. Sobald ein Zweiter etwas gut fand, was HB eigentlich auch mochte, warf der es ab wie eine alte Haut. Ab und zu gesellte sich noch ein vierter Älterer zu ihnen. Betelkorn war der Styler mit den besten Punksprüchen, er spielte gut Gitarre, kam als Erster mit Ska an und war 1986 einer der ersten Hip-Hopper und Breakdancer von Schmalenstedt! Zusammen mit dem Keller von David und einem kleinen Laden, der «der Laden» hieß, gehörte Kindermanns Wohnung zu den musikalischen und politischen Initiationsstätten unseres losen Haufens.

Die vier, sie waren etwa fünf Jahre älter als wir, hatten alle Infos, Bücher, Platten, Styles, die wir brauchten. Sie erklärten uns die RAF, den Kapitalismus, den Kommunismus, die Dialektik, das System oft und immer wieder auch vergeblich. Wir Jüngeren waren viel hedonistischer als sie. Aber über Jahre waren sie unser unausgesprochener Ältestenrat, in ihrem Kreis begannen viele gemeinsame Spuren.

Hier bei Kindermann hatte ich auch Sid Schick kennen gelernt. Als ich noch zur Schule ging, galt er als einer der coolsten Punkstars von Schmalenstedt. Er hatte hinten groß RAF auf seiner Lederjacke stehen, war scharf, spröde und schnell und hauste bei seinem Vater zu Hause im Keller. David protegierte Sid als Spitzentypen.

Ich wollte gerne sein Freund sein, weil er so lässig war, und darum rief ich ihn öfter an und fragte, ob er mit mir zu Meier fahren wolle, ich würde heute Nacht wieder abhauen. Die ersten Male lehnte er aus irgendwelchen fadenscheinigen Gründen ab, aber eines Tages rief er zurück. Wir verabredeten uns und fuhren nachts zusammen zu Meier. Langsam freundeten wir uns an. Ich war oft bei ihm, weil dort alles erlaubt war, und er selten bei mir, weil dort wenig erlaubt war.

Meinen Eltern gegenüber gab er sich sehr verschlossen, was ich persönlich cool fand. Sie aber nahmen es als Warnzeichen, sie empfanden ihn wohl eher als Gefahr für mich. Zumindest meine Mutter, die immer überbesorgt war, was sich überhaupt nicht mit meinem Freiheitswillen vertrug. Im Gegenteil, je ängstlicher sie wurde, desto wagemutiger wurde ich.

Stundenlang saß ich manchmal in Schmalenstedt bei Sids Vater im Wohnzimmer und redete mit ihm in einer Art frei improvisierten Geheimsprache, die vollkommen sinnlos war. Wir hatten beide großen Spaß. Es war meine erste dadaistische Erfahrung, ich war begeistert von dem Mann. Außerdem durfte ich dort Bier trinken.

An einem besonders schönen Sommerabend im Juli 1982 wollten Sid und ich bereits früh zu Meier trampen. Wenn man in diesen Jahren nach Ladenschluss an Alkohol kommen wollte, gab es in der ganzen Stadt nur eine Adresse: Käthe. Die Tankstellen führten damals ausschließlich Treibstoff. Käthe hatte, aus für mich unerfindlichen Gründen, immer auf, und von Holsten Edel über Kröver Nacktarsch bis hin zu Springer Urvater stand einfach jede billige Flüssigdroge in ausreichenden Mengen im Regal. Vielleicht hatte sie eine Sondergenehmigung, vielleicht kriegten die Behörden ihren schwunghaften Kleinhandel aber auch einfach nicht mit. Ohne Käthe wäre Punk in Schmalenstedt so nicht möglich gewesen. Sie war bereits älter, vielleicht sechzig, klein und trug eine grauhaarige Perücke. Reden tat sie nie viel, sie schmunzelte höchstens ein wenig, wenn wir in unserer lauten und wilden Art bei ihr einfielen. Sie brauchte uns, so wie wir sie brauchten; wir kauften oft und in großen Mengen bei ihr. Wann immer uns der Vorrat ausging, wurden Einzelne zu ihr geschickt, um nachzukaufen. Wenn man klingelte, dauerte es eine Weile, dann ging die Tür auf, während sie, ohne zu grüßen oder den Kunden anzuschauen, bereits hinter ihren Minitresen wieselte, der in einem kleinen Raum rechts direkt hinter der Eingangstür lag. Die Tür zum Wohnzimmer, in dem der Fernseher immer lief, stand einen Spaltbreit offen. Dann kauften wir ein. Süßigkeiten, Tabak und Alkohol.

Bevor wir irgendwo hinzogen, gab es immer die obligatorische Ansage: «Okay, lass erst mal zu Käthe gehen.»

Sid und ich hatten uns bei Käthe also zwei Flaschen günstige Spätlese geholt und trampten so um acht Uhr rüber nach Behringsdorf. Dort legten wir uns ein Stück vor der Disco auf einen kleinen Hang an der Landstraße, tranken, redeten und beobachteten den langsam ansteigenden Discoverkehr. Der Abend war wunderschön, die Luft warm, das Gras und das nahe Meer rochen so gut. Es gab eine nur hauchdünne Grenze zwischen uns und der Welt, und mit jedem Schluck wurde sie durchlässiger. Ich empfand die Situation als pures Glück, und ich weiß noch genau, wie wir uns darüber unterhielten, dass wahre Freundschaft in dem Moment anfängt, wo man miteinander schweigen kann. Dann schwiegen wir. Die ganze ungebrochene Kraft meiner Jugend strahlt von diesem Moment wie eine entfernte Sonne bis in meine Gegenwart und erinnert mich daran, was für ein reiches Gefühl ich verspürte, mit all den Möglichkeiten und all der Zeit vor mir. Ich wusste: Meine Konten waren noch voll.

So um etwa neun Uhr hörten wir etwas auf der Straße. Wir setzten uns gespannt aufrecht hin. Aus der Ferne sahen wir eine schier unendliche Karawane aus Motorrädern auf uns zurollen, alles Chopper, gelenkt von ledernen Haubesen, Rocker von den «Born to be wild» aus Berlin. Vielleicht waren es hundert, vielleicht zweihundert, ich weiß es nicht mehr. Sie fuhren in Zeitlupe an uns vorbei, ein paar von ihnen winkten uns zu, und wir winkten zurück. Ich war begeistert, denn ich hielt Rocker für Outlaws. Sie mussten sozusagen schon von den Genen her auf der richtigen Seite stehen, außerdem trugen sie Leder und zerfetzte Jeans, ähnlich wie wir. Ich war vorher noch nie echten Rockern begegnet und wusste nichts über sie. Als sie alle vorbeigefahren waren, Richtung Meier's, rappelten Sid und ich uns auf und zogen hinterher. Wir waren freudig erregt und neugierig, was der Abend uns bringen würde. Dann hatte auch noch jemand vor dem Nachbarshop Behringsdorf seinen Mercedes mit offenem Kofferraum stehen lassen. Drinnen lag eine Kiste Springer Urvater. Dankbar nahmen wir sie von dem abwesenden Spender entgegen und begannen sofort mit der Entleerung der ersten Flaschen. Einige Minuten später kamen wir bei Meier an. Der ganze Parkplatz stand voll mit Maschinen. Viele der Rokker waren bereits drinnen, um Bier zu trinken. Sid und ich unterhielten uns mit denen, die draußen standen, und die schienen okay zu sein, obwohl sie uns offenbar nicht richtig für voll nahmen.

Gegen Mitternacht war der Laden voll, es war ja auch noch einiges an normalem Landvolk dazugekommen. Die Rocker hatten sich langsam in Stimmung getrunken und starteten mit kleineren Tests an Einheimischen. Männern, die vorbeikamen, wurde mitgeteilt, dass sie jetzt nach Hause wollten. Wollten sie nicht, gab es erst mal eine normale Ohrfeige. Danach wollten die meisten. Die, die dann immer noch nicht wollten, wurden weiter gewatscht. Einer bekam eine Bierflasche über den Kopf; selbst wenn er gewollt hätte, hätte er nicht mehr nach Hause gekonnt, man trug ihn weg. Drinnen im Laden kam es zu derben Prügeleien, alles, was an widerstandsfähigem Mannsvolk da war, wurde klein geholzt.

Ich weiß gar nicht, warum wir Punks noch da waren, ich glaube, wir fühlten uns trotzdem sicher zwischen all dem Leder. Denn normalerweise wurden wir bei Meier von Bauern oder Soldaten attackiert, solche Probleme würden wir heute nicht haben. Ich stand auf der Tanzfläche vor der DJ-Kanzel. Sid war mittlerweile ziemlich betrunken und tanzte mit geschlossenen Augen zu «Radar Love». Er tanzte in einen leeren Kreis auf der Tanzfläche hinein, der umringt war von den derbsten Lederbrechern der Berliner Gang. Einer von ihnen ging von hinten zu Sid, steckte ihm die Zeigefinger unter die Achselhöhlen, hob ihn einen halben Meter hoch und stellte ihn zur Seite. Mir blieb fast die Luft weg. Aber Sid schnallte es nicht und machte einen Riesenfehler: Er wankte genau an die Stelle zurück, von der er eben entfernt worden war, und tanzte weiter. Das war zu viel für den Fleischberg hinter ihm. Er drehte Sid mit einer Hand um und zog ihm mit der anderen fachgerecht einen schweren Literkrug von oben nach unten durchs Gesicht. Sid brach zusammen wie ein nasser Sack, er war sofort ohnmächtig, sein Gesicht blutete überall. Ich sprang zu ihm hin und bückte mich, um ihn aufzuheben. Sofort traten mir die Scheißtypen in den Arsch und hörten damit nicht mehr auf, während ich Sid durch ein brüllendes Spalier der Bosheit aus dem Hauptraum zog. Das war der Kick, den sie gesucht hatten.

Ich brachte Sid in die Küche, wo er einen Verband bekam. Dann besorgte ich uns Bier, und wir flüchteten aus dem Haus, um uns auf der anderen Straßenseite hinter einer Hecke im Graben zu verstecken. Sid war wieder einigermaßen bei Sinnen. Drinnen brachen alle Dämme, eine Gewaltorgie begann, wie sie der Laden noch nicht erlebt hatte. Auf dem Klo wurden Frauen vergewaltigt, Männer blutig und ohnmächtig geschlagen, ein Rocker wollte aus dem Exzess aussteigen, weswegen die anderen seine Kutte auf der Tanzfläche verbrannten und ihn halb umbrachten. Die Schmalenstedter Polizei rückte zu acht an. Das war ein Fressen für die Lederprolls. Zwei Rocker drückten einen Polizisten rücklings in einen Stacheldraht, der wiederum schoss dem einen Rocker durch den Fuß, aber dem war das egal. Motorräder kippten um, Leute schrien, Polizeisirenen kreischten, ein Höllenlärm. Schließlich rückte ein Riesenaufgebot der

Polizei an, und ein Großteil des Haufens wurde festgenommen. Es dauerte die halbe Nacht.

Angeblich wurde dem Anführer der «Born to be wild» am nächsten Tag in Kiel eine Anklageschrift verlesen, auf der schwerer Landfriedensbruch, Vergewaltigung, schwere Körperverletzung und einiges andere gelistet waren. Er hängte sich am Fensterkreuz auf. Angeblich. Ich hätte es verstanden.

Gen Italien

Flo und ich wollten zusammen in den Urlaub fahren. Ich schlug Italien vor, weil ich da mit meinen Eltern schon mal gewesen war und es mir sehr gut gefallen hatte. Ich redete mit meinen Eltern über unser Vorhaben, und während meine Mutter die üblichen Widerstände bot, willigte mein Vater gleich ein. Wahrscheinlich sah er nicht nur für mich eine Freiheitserfahrung, sondern auch für sich selbst. Er gab mir dreihundert Mark und sagte, damit müsse ich auskommen. Das war viel Geld, damit konnte ich wochenlang reisen, meinte ich.

An einem Morgen im Mai packten wir unsere Siebensachen zusammen und stellten uns mit unseren Rucksäcken in Schmalenstedt an die Trampstelle. Trampen war damals eine der beliebtesten Reisemethoden, es ging so: Leute ohne Autos halten Leute mit Autos an, rufen ihre Freunde aus dem Gebüsch, drängen sich auf den Rücksitz und führen peinliche Kennenlern-Unterhaltungen.

Schnell wurden wir von einem Typen, der nach Kiel musste, mitgenommen, und eine Dreiviertelstunde später standen wir auf der großen internationalen Abtrampe in Kiel, so was wie der Frankfurter Flughafen für Daumenreisende. Um unser Anliegen gleich von vornherein klar zu machen, schrieben wir auf ein Pappschild in großen Lettern «ITALIEN». Damit stellten wir uns an die Straße. Aber es hielt niemand an. Die Leute glotzten uns nur an und schüttelten lachend die Köpfe. Warum denn? Stunden vergingen, einer von uns lag jeweils dösend auf den Rucksäcken, während der andere die Lachnummer hochhielt. Schließlich warf ich entnervt das Pappschild weg und hielt meinen schlichten Daumen in den Wind. Sofort hielt ein VW-Bus mit einem Pärchen an, das uns mitnahm. Wie sich herausstellte, wollten sie nach Italien. Wir waren mehr als froh, machten es uns gleich auf der Rückbank gemütlich und fühlten uns, ohne zu fragen, auf unbestimmte Zeit eingeladen. Die beiden waren um die dreißig, ungezwungen, offen, etwas alternativ. Da wir uns selber umbenannt hatten, boten wir auch ihnen Namen an, die uns gefielen. Will sagen, wir benannten sie nach eigenem Gutdünken um. Ihn nannten wir Dörthe und sie Ma Oschi. Die beiden ließen unseren Humor wie einen frischen, etwas unangenehmen Wind über sich ergehen. Wir unterhielten uns die ganze Fahrt, lümmelten hinten auf der Liegefläche rum, und abends zogen Florian und ich vor dem Bus in unser kleines, schrottiges Zelt. Wir stellten keinerlei Ansprüche an das Gelände; wo wir uns hinlegten, schliefen wir ein. Wenn wir aufwachten, war das filigrane Gebilde meist über uns zusammengebrochen, und wir lagen in einer Art Stoffsack. Da wir sparen wollten, beschlossen wir, Ma Oschis und Dörthes Vorräte mit uns zu teilen, und kamen damit ganz gut über die Runden. Dass die beiden langsam immer genervter aus der Wäsche kuckten, zog komplett an mir vorbei, mein Sensorium für Zwischenmenschliches glich eher einem Spaten denn einer Kompassnadel. Die beiden baten uns schließlich darum, dass jede Partei ab sofort für ihre eigenen Vorräte sorgen solle. Konsequenterweise verwies ich Dörthe am nächsten Morgen darauf, doch bitte nicht unsere Wurst anzurühren. Das war's. Ihm platzte der Kragen, er schrie rum, bezeichnete uns als unverschämte Schmarotzer und schmiss uns aus dem Bus. An einer Haltebucht auf einer Landstraße mitten in Ligurien. Ich war verwirrt. Was war denn in den gefahren? Da muss man doch nicht gleich sauer werden.

Wir liefen zu Fuß die Straßen entlang, die von dschungelartigem Wald gesäumt wurden. Es war traumhaft schön. In einem kleinen Ort stiegen wir in die Bahn und fuhren mit ihr die Küste entlang. Die Schienenstrecke lief parallel zum Wasser und war über viele Kilometer in den Felsen geschlagen. Der Zug hielt in kleinen Orten, zu denen keine Straßen führten, der einzige Zugang war eben per Bahn. Schließlich kamen wir nach Portofino, wohin man allerdings mit dem Bus fahren muss. Damals war das kleine Fischernest noch nicht so touristisch überlaufen, aber die Reichen und die Schönen hatten sich bereits eingefunden, um sich gegenseitig ihre Fünfzig-Meter-Yachten vorzuführen. Ich fand den Ort wunderschön, aber die reichen Snobs in ihren weißen Limousinen verachtete ich. Während die am Abend nach einem erstklassigen Dinner in ihre Sechssternehotels gingen, hatten wir eine Dose Tulip Frühstücksfleisch verzehrt und krochen in ein Loch in einem Gebüsch, in dem wir uns auf den Boden legten. Wir waren glücklich. In den nächsten Tagen reisten wir weiter nach Florenz, übernachteten in Blumenrabatten und beteten die italienischen Frauen an. Die einzigen sexuellen Annäherungen an uns erfuhren wir allerdings durch Schwule. Die stellten uns überall nach. Beim Trampen im Auto, an der Straße oder nachts auf dem Bahnhofsvorplatz. Die italienischen Schwulen waren sexuell sehr aggressiv.

An einem kleinen Bahnhof in der Toskana hatten wir unsere Rucksäcke bei der Gepäckaufbewahrung deponiert, um uns ein wenig umzusehen. Als wir am Abend unsere Sachen abholen wollten, war die Dienststelle bereits geschlossen. Was sollten wir jetzt machen? Wir hatten nichts bei uns, kein Geld, keine Schlafsäcke, keine warmen Klamotten. Es half nichts, wir legten uns schließlich auf die Bänke auf dem Bahnhofsplatz und deckten uns mit Kartons zu. Ich schlief relativ schnell ein, aber Flo wachte irgendwann auf und sah, wie ein älterer italienischer Schwuler dabei war, die Kartons von mir abzudecken, um an den leckeren Inhalt darunter zu gelangen. Flo sprang auf und verjagte ihn mit viel Geschrei. Wir selbst machten auch, dass wir davonkamen, es war Mitternacht und es wurde immer kälter. Wir trugen nur Jeans und T-Shirts und fingen an, ernsthaft zu frieren. Wo sollten wir hin? Schließlich entdeckten wir auf einem Feld am Stadtrand einen trostlosen Betonrohbau, in den wir durch eines der offenen Fensterlöcher einstiegen. Drinnen war nichts, nur in einem Raum lag ein Fetzen von einem

Pullover, den jemand augenscheinlich zum Wegwischen von Betonresten verwendet hatte. Ich versuchte, ihn überzuziehen. Es war, als wenn man einen Stein anziehen wollte. Der Pullover war sehr eng und kratzte fürchterlich, aber er schützte wenigstens etwas vor der Kälte. Wir kauerten uns in die Ecken und versuchten, erneut zu schlafen, aber es gelang uns nicht. Also liefen wir im Kreis, hüpften, machten Liegestütze. Im Morgengrauen, nach einer sehr harten Nacht, auf dem Weg zum Bahnhof fanden wir auf einem Sperrmüllhaufen eine etwa einen Meter große Puppe, einen Weihnachtsmann, der mit Styroporschnipseln gefüllt war und kein Gesicht mehr hatte. Wir malten ihm ein hässliches, schielendes Antlitz, nannten ihn «der Elke» und schlugen ihn erst mal richtig zusammen. Unser ganzer Frust landete in diesem Watschenmann, der uns gerade recht kam. Wir schleppten ihn von da an mit uns durch Italien, über die Alpen, bis zurück nach Schmalenstedt und auch im nächsten Urlaub wieder durch halb Europa. Wann immer es Frust oder Ärger gab, wurde der Elke vermöbelt. Abends musste er vor dem Zelt Wache halten, tagsüber wurde er auf den Rücken geschnallt. Er hatte einen harten Job, aber er bekam auch viel zu sehen. Heute liegt er eingemauert hinter einer Wand meines ehemaligen Jugendzimmers und wartet. Wartet darauf, dass er dort rauskommt, dass wir wieder losfahren, dass es wieder was vor die Möpp gibt. Manchmal spüre ich ihn hinter der Wand. Er ist noch genau der Gleiche und guckt mit seinem schielenden Eddingblick auf einen dunklen Punkt auf der Wand.

Als wir am Morgen zur Gepäckaufbewahrung kamen, waren wir völlig gerädert. Entnervt gaben wir dem Beamten das Geld für unsere Rucksäcke, banden den Elke auf und stiegen in die nächste Bahn. Auf dem Rückweg fuhren wir mit dem Zug bis Chiusa, zu Deutsch Klausen, das in den italienischen Alpen südlich des Brenners liegt. Dort stiegen wir erneut aus, um uns die Stadt anzuschauen. Am Marktplatz hing eine Gruppe Mädchen in unserem Alter vor einem Brunnen rum. Wir setzten uns etwas resigniert auf eine Parkbank, hatten wir doch bis jetzt in Italien keinen einzigen Kontakt zu einem weiblichen Wesen hinbekommen. Da kamen sie zu uns und quatschten uns an. Sie waren zu viert oder zu fünft, sprachen alle ziemlich gut deutsch, und wir unterhielten uns lange mit ihnen. Über Musik, Punk, coole Klamotten und so. Sie luden uns ein, bei ihnen zu bleiben. Wir freuten uns sehr und verbrachten noch drei Tage in Chiusa, während deren sie uns die Wohnungen ihrer Eltern zeigten, den Platz unter der riesigen Autobahnbrücke, wo sie Partys feierten, und ihre Lieblingsdisco. Aber schlafen mussten wir alleine draußen. Dabei sah vor allem eine von ihnen zum Verlieben aus, sie war wild, verrückt, hübsch und machte allerlei verlockende Andeutungen. Manche Leute behält man ein Leben lang im Kopf, obwohl man sie nur ein paar Stunden gesehen hat.

Nach dem dritten Tag verabschiedeten wir uns von unseren Freundinnen und fuhren ab. Wir sahen sie nie wieder.

Unser Urlaub ging langsam zu Ende, das Geld war alle, und Flo musste sich für die Rückreise noch per Blitzgiro Geld nach Bayern überweisen lassen. Ein durchgeknallter Honighersteller fuhr uns schließlich mit 220 Stundenkilometern Richtung Norden, ließ uns eine Nacht in seinem Esszimmer übernachten, in dem er uns einschloss. Am nächsten Tag waren wir zurück. In unserer Stadt.

Schwaster Rühmann

Meine schulische Karriere nahm auch an der Realschule keinen guten Fortgang. Ich hatte alle Informationseingänge komplett versperrt und ließ mir von niemandem mehr etwas sagen. Ich hasste die meisten Erwachsenen. Dem Zugriff meiner Eltern entzog ich mich mehr und mehr, vor allem dem meiner Mutter, auch wenn er ein liebender war, für mich war er erstickend. Ich konnte dahinter nichts Positives erkennen, nur etwas Bremsendes.

Unsere ganze Familie teilte ein Schicksal: Schule. Zur immer gleichen Zeit aufstehen und in diese Zwangsanstalt fahren müssen, es war mir ein Horror.

Desillusionierte Erwachsene treffen auf rebellierende Pubeszenten, ein Krieg der Generationen. Und die Schule war voll mit Leuten wie meinen Eltern, die sich um Leute wie uns kümmern mussten. So eine Schule ist ein grausamer Ort. Dort gibt es keine Gerechten.

Ich brach während des zehnten Schuljahrs ab, es hatte einfach keinen Sinn mehr. Das sahen dann auch meine Eltern ein. Es war nur noch Qual für mich. Aber sie prophezeiten mir, dass ich nicht lange auf der faulen Haut liegen dürfe, sie würden etwas für mich suchen. Von mir aus. Ich hatte erst mal frei und war stolz darauf wie ein Sack Mücken. Ich war ein freier Punk!

Leider nicht lange. Meine Eltern beschlossen, mich ins Jugendaufbauwerk der Heilsarmee nach Saale zu schicken. Mitten im Wald auf einer Anhöhe stand dort ein großes Anwesen mit dem Namen Berghof, in das Eltern aus dem Umkreis von fünfzig Kilometern ihre jungen Versager steckten. Die etwa hundert Insassen (einige wohnten fest dort, andere pendelten) waren ein bunt zusammengewürfelter Haufen, Kinder sozial derangierter Alkoholiker, schwer verhaltensauffällige Hauptschüler und unangepasste Vögel, wie ich einer war, versehen mit dem, was man heute Attention Deficiency Syndrom nennt (Ozzy Osbourne). Ich mochte die Mischpoke, wir verstanden uns. Einige von ihnen waren wirklich strapaziös dämlich, aber viele hatten einen herrlich anarchistischen Esprit.

Das Jahr war in vier Grundkurse aufgeteilt. Im ersten sollten wir Gärtner lernen, im zweiten Küche, im dritten Büro und im vierten Friseur. Gartenbau, Hauswirtschaftskunde, Buchhaltung und EDV, Friseur – für jeden was dabei. Mich persönlich interessierte in erster Linie der Friseurbereich, weil es hier Haarfärbemittel in Hülle und Fülle gab.

Die Leiterin, Frau Vogel, die einen winzigen Oberkörper auf einem gigantischen Po spazieren führte, lenkte die Legion mit ruhiger Hand. Sie und ihre Untergebenen stammten noch aus der idyllischen Zeit, in der es keine Jugendbewegungen gegeben hatte, die ihren Anhängern Weltanschauung, Umgangsformen und Körperhygiene versauten. Ich als Punk war für sie etwas unverständlich Sinnloses, sie nahm meine Kleidung wahrscheinlich eher als ein Zeichen von Armut und Verwahrlosung denn als Ausdrucksmittel meiner nonkonformistischen Persönlichkeit wahr.

Jeden Tag fuhr ich mit dem Bus nach Saale und ging von dort durch den Wald eine halbe Stunde hoch zu unserem Idiotenschloss. Am späten Nachmittag fuhr ich wieder zurück nach Schmalenstedt.

Die anderen Jungs im Heim verstanden zwar nicht, warum ich Punk war und was das überhaupt sein sollte, aber sie teilten meinen Ehrgeiz für Widerborstigkeit und flegelhaften Humor. Sie waren ebenfalls Punks, aber ohne es zu wissen.

Vor dem Essen wurde gemeinsam Hand in Hand gebetet. Es war mir zuwider, aber ohne diese Prozedur gab es kein Essen. Zähneknirschend ließ ich den Sermon daher über mich ergehen. Eines Tages entdeckte der stellvertretende Heimleiter, der das Essen organisierte, dass ich Nietenarmbänder trug, und wies mich an, diese beim Essen abzunehmen. Auf keinen Fall wollte ich nachgeben, und obwohl ich mitbetete, gab es jetzt doch Grund genug, mich vom Essen auszuschließen. Am nächsten Tag kam ich ihm mit dem Grundgesetz, aber er ließ sich auf nichts ein. Ich verbrachte mehrere Tage mittags allein und fastete, bis ich schließlich klein beigab und mir die Armbänder fürs Essen abschnallte. Ich hasste ihn dafür.

Die Grundbildungskurse durchlief ich ohne Leidenschaft, bis auf den Friseurkurs, und tatsächlich durfte ich mir hier umsonst die Haare blondieren. Interessiert verfolgte der Kursleiter meine Techniken, wie man kurze Haare zu Stacheln formt. Er brachte mir im Gegenzug die großen Abendgalafrisuren bei, wie sie beispielsweise eine Hannelore Kohl gerne trug.

Im Berghof wohnte ein Junge, der Horst Günther Rühmann hieß oder so ähnlich. Wir nannten ihn nur «Schwaster Rühmann». Er kam aus sehr einfachen Verhältnissen, und ich bin mir nicht sicher, dass er richtig schreiben und lesen konnte. Er war an sich sehr zurückhaltend, aber manchmal blitzte bei ihm eine verdeckte Form von Schalkhaftigkeit auf. Eines Tages bekam ich mit, wie er ein Lied vor sich hin sang. Es handelte von einem einsamen Zigeuner an einem Wasserfall, der sich nach dem Tod sehnt. Oder so. Ich merkte an der hölzernen Metrik des Textes, dass dies kein gewöhnlicher Schlager sein konnte, und fragte Schwaster, was er da sänge. Er sagte mir, der Song sei von ihm. Er würde öfters Lieder schreiben, bevorzugt Schlager, die hätte er am liebsten. Irgendwas klickte bei mir, ich spürte ein tiefes inneres Grinsen. Schlager war so was von verpönt, bei meinen Eltern, in Punkkreisen, bei allen. Schlager war spießig. 1983. Damit war was zu reißen. Ich fragte Schwaster, ob er nicht Lust hätte, mit mir zusammen Musik zu machen. Ich war damals schon relativ schnell im Finden von Akkorden und festen Melodienbögen, konnte ihm also musikalisch etwas bieten.

Wir schrieben zusammen einen Song, ein Countrystück mit dem Titel «Chico war geritten». Der Text ging folgendermaßen:

Chico war geritten dreizehn Tage lang,
als er in die Stadt kam und Roswitha fand.
Und er war verliebt, als er Roswitha sah,
doch da kam Don Pedro, o sieh Vater da …
Roswiitaaa
Lass diesen Vagabunden in Ruh.
Er verdreht den Frauen die Herzen
und verdrückt sie dann im Nu
usw.

Was sich hier ein wenig holperig liest, klang gesungen richtig gut und schwungvoll. Die Akkorde hatte ich in zwei Minuten auf dem Klavier zusammen. Es war ein spitzenbeknacktes Schlagerstück, das im Heim schnell die Runde machte. Erst wollten es die jungen Insassen hören, dann kam auch der kleine obere Teil von Frau Vogel auf seinem Riesenunterteil herbeigeritten, um es sich vorspielen zu lassen. Alle Schüler und Lehrer waren versammelt, als Frau Vogel die Rede an Schwaster und mich richtete. Sie hätte da von einem tollen neuen Stück gehört, das im Heim die Runde mache, und würde uns bitten, ob wir dieses Stück nicht ihnen allen einmal vorsingen wollten. Wir waren unglaublich aufgeregt. Schwaster trug einen blauen abgetragenen Samtblazer, Kordhose und Gummistiefel und hatte sich seine naturblonden Strähnen, die ständig verschwitzt waren, eng ans Gesicht geschmiert. Ich hatte meine besten zerrissenen Punkklamotten an. Ich setzte mich ans Klavier und schlug den ersten Akkord an. Wir begannen zu singen, während das gesamte Heim in einer sonderbaren Idylle um unser Klavier stand. Am Ende gab es großen Applaus, und wir mussten «Chico» gleich noch einmal spielen. Ich war wie geblendet von dem Gefühl allgemeinen Zuspruchs. Es war das allererste Mal, dass ich von einer größeren Gruppe von Menschen für etwas geschätzt wurde, das ich erschaffen hatte. Das aus mir und uns kam, nicht von außen. Dies war unser beider und damit also auch mein privater Erfolg, mein bis dahin größter.

In Schmalenstedt spielte ich das Stück ausgerechnet David vor, ich weiß nicht, warum, denn von ihm hätte ich am ehesten erwartet, dass er es verachten würde. Aber er reagierte ganz anders, meinte, das sei genial, ich solle den ganzen Punkschrott, den wir machten, vergessen. Das gab mir zu denken.

Komischerweise schrieb ich nie wieder einen Song mit Schwaster Rühmann. Aber ich habe ihm gewissermaßen meine Karriere zu verdanken, denn ohne seine Initialzündung wäre ich heute vielleicht Hardrocker. Ich dachte über den unerwarteten Erfolg von «Chico war geritten» nach und beschloss, weitere Titel dieser Art zu schreiben. Aber wie sollte ich sie präsentieren, und mit wem? Ich war kein guter Instrumentalist und konnte mich schlecht auf das Singen bei gleichzeitigem Gitarrespielen konzentrieren. Schwaster konnte gar kein Instrument, und singen konnte er eigentlich auch nicht. Der Einzige, der begabt und gleichzeitig bescheuert genug war, dieses Projekt mit mir zu stemmen, war eindeutig Fliegevogel. Ich spielte ihm das Stück vor. Es gefiel ihm. Trotzdem probten wir vorerst weiterhin schlechten Punkrock.

Ich würde gerne wissen, was Schwaster heute macht. Ich vermute, er segelt über einen Ozean aus Eierlikör.

Wald-, Höhlen- und Strandpunks

Der Sommer 1983 war der Höhepunkt der Punkrockbewegung in Schmalenstedt. Sechs Jahre nach dem Höhepunkt in England. Unsere Gang hatte ihre Maximalzahl erreicht; wenn alle zusammen waren, zählten wir etwa vierzig Leute. In einem Fünftausendseelennest ist das ziemlich massiv. Bei Meier waren wir die Kings. Pinki spielte «Holiday in Cambodia» von den Dead Kennedys, The Clash mit «London Calling», «Follow the Leader» von Killing Joke, «Turning Japanese» von den Vapors, «The Forest» von Cure, viel Siouxie, Fehlfarben, Grauzone, DAF. Wir tanzten zu allem. Ich liebte «Pale Shelter» von Tears for Fears, und ABC ging total ab bei uns. Es gab keine Grenzen, erlaubt war, zumindest im musikalischen Rahmen, was Spaß machte.

Wenn wir nachts nicht bei Meier waren, zogen wir durch die Gegend und bauten Mist. Sonny, Bea und ich brachen so viele Mercedes-Sterne von den Hauben wie irgend möglich. Wenn uns jemand fragte, wo die her seien, sagten wir, wir hätten sie vom Flohmarkt. Komischer Flohmarkt. Wir sprayten auch viel. Einmal hinterließen wir überall in der Stadt Hakenkreuze. Das war natürlich aufklärerisch gemeint und sollte die Leute darauf aufmerksam machen, dass es überall Nazis gibt. Sackdoof.

Wenn es heiß war, fuhren wir zum Strand nach Grotewacht. Dort, wo die Touristen am engsten lagen, direkt am DLRG-Turm, hatten wir unseren Platz. Piekmeier war DLRG-Schwimmer und saß mit seinem blonden Stachelschnitt oben auf dem Turm. Ein Punk, bereit dazu, die zu retten, gegen die er rebellierte und die ihn verachteten. Silver Surfer. Eine Heldenpose. Das gefiel ihm.

Wir lagen zu Füßen des Turms und tranken Bier. Die Ostsee ist ein freundlicher, flacher Tümpel, und obwohl wir gerne

Surfpunks geworden wären, war in der Hinsicht nichts zu holen, denn die durchschnittliche Ostsee-Wellenhöhe beträgt etwa vierzig Zentimeter. Wir spielten den ganzen Tag Wasserball oder Beach Ball und terrorisierten die Touristen. Wir hassten sie. Sie kamen hierher, zu uns, machten sich breit, nahmen uns unseren Platz weg, sahen scheiße aus und redeten in ekelhaften Dialekten. Der ganze Strand war voll mit Strandkörben, perfekte Entsprechung ihrer Wohnzellen zu Hause, aber das reichte ihnen nicht, sie mussten sich um jeden Strandkorb auch noch eine Sandburg bauen, mit Muschelaufschrift des Herkunftsortes. Ein Strand wie ein liegendes, flaches Hochhaus. Stündlich jagten Sonny, Bea, Fliegevogel, ich und die anderen in wechselnden Kombinationen über den Strand und zertraten dabei «versehentlich» alle Burgen. Es gab jedes Mal ein Riesengeschrei, und eine Hasswelle spülte über den Strand, die höher war als jede echte Ostseewelle. Das befriedigte unseren uneingestandenen und unreflektierten Lokalpatriotismus. Gegen Abend gingen die Touris essen, wir blieben. Jetzt war das Wasser leer und seifig, und man konnte sich breit machen. Ab und zu pennten wir am Strand. Direkt an der Promenade gab es ein Hotel, dessen Vorratsraum sonderbarerweise nie verschlossen wurde. Nachts gingen wir dorthin und bedienten uns. Wein und Bier gab es dort immer. Es war ein kleines Schlaraffenland, und wir waren schlau genug, nie zu viel zu nehmen, sodass wir jahrelang aus dieser Quelle schöpfen durften. Ansonsten klapperten wir die Strandbuden ab, viele Touris stellten ihre Biervorräte zum Kühlen vor die Hütte.

Manchmal zogen wir den Strand lang und checkten die Strandkörbe durch, ob hinter den Gittern irgendwas Brauchbares war, Badespielzeug und so Kram.

Eines Nachts waren Bea, Sonny und ich mit einem Punk aus Eutin unterwegs, der uns total breit hinterhertorkelte. Alle paar Meter zündete er einen Strandkorb an. Schließlich kamen wir bei unserem DLRG-Turm an und legten uns zum Schlafen hin.

Hinter uns brannte der Strand, aber wir waren zu hacke, um dem besondere Aufmerksamkeit zukommen zu lassen.

Als wir am nächsten Morgen aufwachten, bot sich uns ein Bild der Verwüstung. Überall konnte man aufgebrochene, abgefackelte Strandkörbe sehen, einige rauchten noch, und zu unserer Schlafstätte führte eine breite Spur aus leeren Flaschen und geklauten Badeutensilien. Eine klarere Beweislage hätte es nicht geben können. Trotzdem scherte sich keiner um uns, ich weiß nicht, warum. Also packten wir unsere Sachen und trotteten davon.

Nachts konnte man ins örtliche Freibad einbrechen, das aus uns unerfindlichen Gründen keine dreißig Meter hinter der Ostsee lag. Das Wasser im Schwimmbecken war mit einer großen Plane zugedeckt, und auf die legten wir uns nackt. Es war wie ein gigantisches Wasserbett, das unter uns waberte, und über uns strahlte schwarz der Sternenhimmel. Bea und Sonny profitierten sexuell von der Situation. Ich nicht.

Wir waren gerne draußen. Abgesehen vom Strand gab es diverse Plätze, an denen wir feierten, bevor wir irgendwann in der Nacht zu Meier fuhren. Es gab so viele gute Plätze, und ihre wahre Qualität stellte sich erst raus, wenn man sie einmal «besoffen» hatte. War die gefühlte Qualität gut, wurde hier weitergetrunken.

Es gab den alten stillgelegten Bahnhof von Schmalenstedt. Ich kann mich noch erinnern, wie dort die letzten Passagierzüge hielten. Irgendwann kam hier nur noch die Bundeswehr mit Waffenlieferungen an, um sie in die Behrmann-Kaserne zu transportieren, das traurige und geheimnisvolle Menschendressurcamp im Westen unserer Stadt, in dem man Männer aus Holz schlägt. Der tote Bahnhof, das ausgetrocknete Aderwerk der rostigen Gleise zeigten deutlich, wie diese Stadt siechte. Das einzig Lebendige war ein Laden in einem Schuppen, in dem wir Punks uns mit Springerstiefeln und Bundeswehrhosen eindeckten, denn auch uns zog der militante Chic in Oliv an.

Es gab eine alte Eisenbahnbrücke am Bahnhof, unter der wir oft saßen und Feuer machten. Der Wald stand hier wie ein Dschungel um die riesigen Brückenbögen, die uns als Dach dienten. Zu unseren Füßen unser Fluss – die Dosau, wir im Staub liegend und nach Qualm riechend. Clint-Eastwood-Gefühle. Palettenweise Karlsquell und sehnsuchtsvolle Gespräche, Fallenstellen und Holzfällerei in Kanada. Kannerhiernich Kannada. Komisch, dass man nicht in die Zukunft schauen kann, aber in die Vergangenheit.

Einmal schmiss jemand von oben einen dieser Steinbrocken, die zwischen den Gleisen liegen, nach unten. Ich hatte ein Loch im Kopf, in das ich einen Finger hineinstecken konnte. Wenn wir zu Meier kamen, rochen wir fast immer nach Feuer. Wir kamen selbst den derbsten Bauern noch unkultiviert vor, die rochen wenigstens nach Kernseife.

Es gab eine Bank am Bach beim Gildeplatz. Von hier konnten wir auf das Altersheim sehen. «Jung kaputt spart Altersheim» (Bärchen und die Milchbubis). Triste Ecke, hier waren wir nur ein paar Mal.

Es gab eine Bank auf dem Wanderweg nach Helmstorf, mit einem malerischen Blick auf die Dosau. Hier waren wir öfter, und ich schlief auf der Bank, unter Zeitungspapier, mit den gesammelten Brecht-Werken in Griffnähe. Ich las alles, was mir in die Finger kam. Ich wollte mich wie ein Penner mit Anspruch fühlen, Holden Caulfield und Bukowski zugleich, ich wollte mich frei und wild und schlau und anders fühlen.

Es gab die Mauer am Stadtteich gegenüber von der Eisdiele, wo man zu zwanzig nebeneinander sitzen konnte. Sie war die idyllische Alternative zum Marktplatz.

Es gab die Fichtenschlucht neben dem Friedrichsturm, in der die Schützengilde ihre Schießen abhielt und wo wir uns die ersten zwei Jahre im Sommer trafen, wenn wir nicht unter Bürgerbeobachtung stehen wollten. Hier erhielt ich auch meine Trinkinitialisierung in Punkkreisen, und man brachte mir bei,

Bier auf Schwedisch zu trinken (Loch in die Seite der Dose machen, saugen, bis ein Unterdruck entsteht, dann den Dosenring ziehen, und das ganze Bier geht mit einem Schluck in die Person. Die Flensburger beispielsweise [die jetzt alle ins Intelligent-Electronic-Lager gewechselt sind] waren und sind zu doof für den Unterdruck-Trick, sie trinken das Bier einfach durch das selbst gebohrte Loch. Da könnten sie auch gleich die normale Trinköffnung benutzen …).

Es gab einen alten verlassenen Käsebunker, den wir im Wald bei Rap entdeckt hatten. Er bestand aus zwei Stollen. Der eine führte wie ein Brunnen senkrecht in die Erde, und Ita, Rallinger und Wolli kletterten gleich hinein, um sich umzusehen. Sie glitten an einem alten Baumstamm in den Schacht, fanden es unten urgemütlich und machten sich ein Feuer an. Das Laub auf dem Boden war feucht, und natürlich fing das Feuer stark zu qualmen an. Jetzt versuchten sie, an dem Baumstamm wieder nach oben zu gelangen, aber auf der glitschigen Rinde rutschten sie immer wieder nach unten, dem Nachfolger mit dem Hintern ins Gesicht. Dass es einfacher gewesen wäre, das Feuer zu löschen, zogen sie bierpegelbedingt nicht in Betracht. Wir anderen hörten nur ihr ersticktes Gekreische und mussten nun einen nach dem anderen samt Baumstamm aus dem Loch ziehen.

Der andere Stollen war ein finsteres Loch im Wald. Man ging einen waagerechten Gang, um mehrere Ecken, und musste dann über zwei Mauern klettern, zwischen denen ein dreieinhalb Meter tiefer Graben lag. Hinter der zweiten Mauer öffnete sich ein etwa zwanzig Quadratmeter großer unterirdischer Raum ohne Fenster oder Türen. In ihm lag sonderbarerweise Laub, obwohl es hier keine Öffnung gab, durch die Blätter hätten hineinfallen können. Dieser Raum war wie ein Mausoleum, wie eine Gruft, niemand kannte ihn, er musste schon seit sehr langer Zeit leer stehen. Es roch modrig, die Wände waren feucht, und nur das Licht unserer Kerzen erhellte die ewige Grabesnacht. Jemand behauptete, dass sie an diesem Ort früher Käse gekühlt hätten, daher der Name Käsebunker. Wir fühlten uns sehr wohl hier, denn der Platz war absolut geheim, gehörte nur uns, er war unsere Räuberhöhle. Wir tranken, sangen uns mit der Gitarre Lieder vor oder hatten einen Kassettenrecorder mit Punk oder sonderbarer neuer Musik mit deutschen Texten dabei. Freunde aus Hamburg, Timmendorf und anderswo nahmen wir mit in diesen geheimen Punkempfangssaal.

Ich muss manchmal an die Bilder denken, die wir mit unseren Feuerzeugen an die Decken rußten und die wohl auch jetzt noch, Jahre nach unserem Weggang, lange nachdem der Stolleneingang verschlossen wurde, dort wie ein ewiges Zeichen unserer Jugend im Dunkeln warten. Unverändert. In einem Raum mit Laub ohne Fenster und Türen. Zeitbremse, Standbild.

Berlin, alte Hure mit Herz

Die Sommerferien hatten begonnen, und Bea, Sonny und ich wollten nach Berlin trampen. Ich musste lange mit meinen Eltern diskutieren, aber schließlich stimmte meine Mutter zu und gab mir das nötige Reisegeld. Nicht ohne den Hinweis auf «Wir Kinder vom Bahnhof Zoo». Wir packten nur das Nötigste in unsere kleinen Rucksäcke, machten uns aber piekfein für die Stadt: Bondage-Hose, Lederjacke mit frischem Bandnamen (XTC, Slime, Killing Joke, Discharge, Es loited) hintendrauf und leopardenfellumnähtem Revers, Springerstiefel und frisch blondierte Köpfe in Erwartung all der wunderbaren «Crazy Colours», die wir uns dort kaufen und in die Haare schmieren wollten.

Berlin, das war für uns ein Name mit Klang. Das war so was wie das London Deutschlands. Wie immer stellten wir uns an die Abtrampe an der Umgehungsstraße in Schmalenstedt. Trampen war damals eine relativ zuverlässige Reisemethode. Wir kamen schnell weg und schnell voran. Über Kiel ging es nach Hamburg und von dort Richtung Osten. Die Transitfahrt durch die DDR war seltsam, das von der westlichen Welt als böser Moloch beschriebene Land sah so normal aus. Aber die wenigen Eingeborenen, die wir aus dem Fenster sehen konnten, wirkten irgendwie aschfahl. Und die Grenzer waren ausgesprochen unfreundlich. Sie mochten uns Punks nicht. Ich wollte ihnen klar machen, dass wir Linke doch zusammenhalten müssten, aber sie hatten kein Interesse an meiner Meinung. Je näher wir Berlin kamen, desto höher stieg unser Adrenalinspiegel, und es hatte auch etwas mit der Reise durch dieses Vakuum zu tun, dass man die Luft anhielt und es kaum noch erwarten konnte, die Stadt zu betreten, um einzuatmen. Berliner Luft.

Es war unser erster Berlin-Besuch, das Reinfahren in die Stadt war für mich wie das Betreten eines neuen Kontinents. Vom ersten Moment strahlte diese sonderbare Berlin-Energie auf mich ein, wie sie es heute auch noch jedes Mal tut, wenn ich in die Stadt komme. Es ist die einzige deutsche Großstadt, die genug Masse hat, um eine derartige Strahlung erzeugen zu können. Wir versuchten, so schnell wie möglich nach Kreuzberg zu kommen, denn wir hatten aus zuverlässiger Quelle gehört, dass das der angesagte Platz für Punks sei. Erwachsene aus dem Umfeld meiner Eltern hatten uns dagegen vor der Abreise wärmstens Charlottenburg empfohlen, da sei der Ku'damm, die City, da sei immer was los, im Kuhdorf beispielsweise, da seien die jungen Leute. Ich überprüfte diese Tipps später auf für mich schmerzhafte Art und Weise. Wir verließen uns vorerst auf unsere eigenen Quellen und fuhren mit der S-Bahn direkt zum Kotti. Natürlich wurden wir sofort beim Schwarzfahren erwischt, denn der U-Bahnhof Kottbusser Tor gehörte für die Kontrolleure der BVG zu den reichsten Jagdgründen. Hier gab es immer ein paar junge Penner zu erwischen, deren oft wohl situierte Eltern später die Rechnung beglichen. Beim Schwarzfahren erwischt werden, das war ein bisschen wie Eintritt zahlen für Punk-Berlin. Als wir nach erfolgter Aufnahme unserer Personalien aus dem Bahnhof auf den Platz kamen, wussten wir, dass wir am Ziel unserer Reise angelangt waren. Dort saßen so dreißig Citypunks in der üblichen Innenstadt-Punkmontur und labten sich an mehreren Flaschen Noli (Lambrusco oder Bauerntrunk). Wir setzten uns dazu und waren innerhalb von Minuten ein Teil der Gang. Aufgeregt unterhielten wir uns mit ihnen über Style, Klamotten, Haarfarben, Platten, Bands, Konzerte, Skins, Pennplätze und übers Schnorren. Um unseren Einstand zu feiern, besorgten wir als Neuankömmlinge erst mal ein paar Flaschen Kellergeister aus dem Spätkauf. Einige der Punks hatten als Folge der vitaminarmen Kost und der permanenten Verdreckung offene Stellen an den Gliedmaßen, die eiterten. Das nannte sich Schleppscheiße, und neidisch beäugten wir Dörfler mit den gesunden Gesichtern diese Orden der

Urbanität. Einziges greifbares Gegenmittel: die Zitronenampullen, die in den Dönerbuden zum Säuern rumstanden. Sie wurden von den Innercity-Punks auf ex getrunken, wegen der Vitamine. Jeder wusste, dass das Quatsch war, aber man tat halt so. Denn in Wirklichkeit gehörten die Wunden dazu wie die Ratten im Revers. Die Punk-Köter kamen erst später auf.

Zum Abend hin zogen wir mit dem Trupp langsam los in Richtung Besetzer-Eck in der Oranienstraße. Dort hatte uns jemand einen Platz auf der oberen Etage eines Hochbetts angeboten. Wir zogen ein in einen knapp vierzig Zentimeter hohen Spalt zwischen Matratze und Zimmerdecke, in dem wir unter einem verdreckten Laken schlafen sollten. Ich ignorierte den sexuellen Egoismus meiner Freunde und versuchte, zur Wand gedreht zu schlafen.

Am nächsten Tag besorgten wir uns zuallererst Crazy Colours. Bea suchte sich Blau aus, ich bevorzugte Rot, und Sonny behielt sein Schwarz, das man sowieso nicht überfärben konnte. Wenn man die Haare vorher sorgsam blondiert hatte, strahlten die Colours nach der Anwendung wunderbar. Wir waren glücklich mit unserem neuen Aussehen, das bezeugte, wie sehr wir dazugehörten. Nur noch ein bisschen Berlinern, dann war die Sache rund.

Ich: Eh, Alter, wie jehts, haste heute schon wat zusammenjeschnorrt?

Punk: Logisch, ick hab heute Möckernbrücke jemacht, vierzehn Mark in zwei Stunden, jetz erst ma Spätkauf und denn Kotti.

Ich: Ja klo wa, det ess jeiel.

Punk: Hä? Wat iss? Wie redest du denn?

Ich: Äh nichts, schon gut, bis später …

Wir sind doch nicht vom Dorf, Aller. Wir sind echte Berliner Punks.

Tagsüber schwärmten wir zu den publikumsreichsten U- und S-Bahnhöfen aus, um dort zu schnorren. Nach ein paar Stunden hatte man meist genug zusammen, um den Tag überleben zu können, mit allen Vorzügen, die dieser einem jungen Punk zu bieten hat. Also Spätkauf und Kotti.

Wir zogen um. In einem anderen besetzten Haus hatte man uns ein eigenes Zimmer angeboten. Der Hinterhof dieses großen Wohnhauses war einmalig, er bestand aus einer fast halbmeterhohen Schicht Scherben, Flaschen und Dosen, die ständig durch die eingeschlagenen Fenster von allen Seiten in den Hof hinunterregneten. Dort wohnten Punks. Unter paradiesischen Umständen, wie wir feststellten. Unser Zimmer bestand aus einem fast leeren Raum, in dem einzig und allein ein selbst gebauter Holzblock als Bettkasten stand. Auf diesem Holzblock lag, einsam und mit seiner Spitze formvollendet nach oben weisend, ein Haufen Scheiße. Wir bekamen eine alte Matratze und zogen neben den Haufen. In diesem Bett lagen wir tagelang. Ab und zu schnorrten wir ein bisschen, besorgten dann das Nötigste und legten uns wieder ins Bett.

Ein paar Tage nach unserem Einzug fand eine Anti-Nazi-Demo in Neukölln statt, einem Stadtteil, in dem es damals relativ viele Skins gab. Natürlich fuhren wir dorthin. Etwa dreihundert Leute standen vor einer deutschen Sportklause, in der ein NPD-Treff stattfinden sollte, Michael Kühnen sei da anwesend und so. Aber der Nazitreff fand nicht statt, die Rechten hatten längst Lunte gerochen und waren umgezogen, keiner von uns wusste, wohin. Trotzdem wurden antifaschistische Parolen skandiert. Wenn man doch schon mal zusammen war … Ich stand am Rand der Demo und sah, wie drei Skinheads aus einem U-Bahn-Schacht kamen und zielstrebig auf die Demo zugingen. Sie schienen ohne Angst und eher amüsiert über den Auflauf, marschierten breitbeinig über die Straße und stellten sich ebenfalls hinter der Demo auf. Dann fingen sie an, ganz selbstverständlich «Heil Hitler» zu brüllen und die Hand zum

Führergruß zu heben. Das hätten sie nicht tun sollen. Unter den Demonstrierenden waren ein paar kernharte autonome Kampfhippies, schon etwas älter und von kräftiger, hemdsärmeliger Art. Als sie auf die drei «Deutschland!!!» krähenden Popanze aufmerksam wurden, gingen sie sofort zur Attacke über. Wie aus dem Nichts setzte es auf einmal haufenweise klatschende Ohrfeigen, die Führerfreunde erkannten verdattert ihren verhängnisvollen Fehler. Ihr taumelnder Rückzug ging in einen Fluchtspurt über, der sie – zweiter schwerer Fehler – in eine Pinte auf der anderen Straßenseite führte, wo sie sich sicher fühlten. Natürlich postierten sich die Kampfhippies vor dem Laden, und unter den Demonstrierenden machte die Kunde schnell die Runde, jetzt zu guter Letzt seien doch noch endlich ein paar Nazis eingetroffen. So setzte sich die Menge in Bewegung und trottete neugierig auf die andere Straßenseite. Die Skins in der Pinte hatten unterdessen bemerkt, dass es keinen Hinterausgang gab, und baten den Wirt, die Vordertür abzuschließen. Der aber zog sich aus Angst um Scheiben, Tür und Mobiliar hinter den Tresen zurück und dachte gar nicht daran, Bleiberecht für alle zu gewähren. Die Demo fing an, «Nazis raus!»-Chöre zu skandieren, und die Kampfhippies heizten sich gegenseitig nun so richtig auf. Erst wurden Barhocker aus der Pinte gereicht, aus deren Beinen man sich Prügel baute. Als dann so weit alles bereit war, reichte einer der Autonomen den ersten Skin wie einen eigens angefertigten Watschenmann nach draußen. Einem Bienenschwarm gleich stürzte sich die Meute auf den Trottel und prügelte mit allem zur Verfügung Stehenden auf ihn ein. Fäuste kamen zum Einsatz, Hockerbeine, Tritte mit Springerstiefeln, Knie, Ellenbogen, sogar Reizgas. In einem grölenden Strudel versank der schreiende Delinquent und tauchte erst Minuten später zwischen den Beinen eines Außenstehenden auf, um blutend und heulend wegzulaufen. Dann war der Nächste dran, und es ging verschärft weiter. Man hatte Angst, dass es zu schnell vorbei sein könnte, viele der Demonstranten sahen für sich eine einmalige politische Chance. Zur Gewalt. Ich habe nie mehr mit eigenen Augen einen derartigen Ausbruch von Gewalt einer Gruppe gegen Einzelne gesehen.

Nachdem alle drei Skins verarbeitet waren, gab es für die Anwesenden keinen Grund mehr, länger rumzustehen, und die Demonstration löste sich spontan auf. Am Kotti wurde dieser politische Sieg natürlich die ganze Nacht über ausgiebig gefeiert. Es gab aber auch mahnende Stimmen, die meinten, dass mit einer Antwort zu rechnen sei.

Am nächsten Nachmittag saßen wir wie immer am Kotti, wir waren vielleicht zu zehnt, als aus dem U-Bahn-Schacht lautes Gegröle zu uns drang. Einige Sekunden später standen dreißig Skinheads mit Baseballschlägern vor uns. Das Blut gefror mir in den Adern. Wir waren viel zu wenige, wir waren ihnen chancenlos ausgeliefert, ich rechnete mit dem Schlimmsten. Doch sie zogen einfach an uns vorbei, würdigten uns keines Blicks, wir konnten es nicht glauben. Sie marschierten rein nach Kreuzberg, vielleicht wollten sie zum Besetzer-Eck oder so. Zwei Minuten später kam ein gewaltiger Punk aus der U-Bahn, ein Riese in schwarzem Leder, der uns fragte, wo die Skins hingestiefelt seien. Wir wiesen ihm den Weg, und er ging hinterher. Was tun? Einige verpissten sich, weil sie keine Lust auf die Aufregung hatten, und wir gingen schließlich zu viert vorsichtig dem schwarzen Riesen hinterher. Eine Straßenkreuzung weiter trafen wir ihn, sein Gesicht war blau geprügelt, seine Lippen bluteten, er hatte sie augenscheinlich eingeholt. Sie waren marodierend durch die Oranienstraße gezogen und schließlich wieder Richtung Neukölln abgewandert. Warum sie uns am Kotti ignoriert hatten, bleibt mir für immer ein Rätsel.

Nach zwei Wochen hatten Bea, Sonny und ich keine Lust mehr auf den irgendwie schon demütigenden Schnorreralltag, und wir beschlossen zurückzureisen, dorthin, wo jeden Tag Essen von selber auf dem Tisch steht. Wir verabschiedeten uns mit Lambrusco von unseren neuen Freunden am Kotti, schnürten unsere Bündel und fuhren mit dem Bus an die Trampstelle nahe der Grenze. Ich weiß noch, dass es dort in einem kleinen Laden «Berliner Trinkkäse» gab, in kleinen Plastiktütchen. Den brachte ich als Reisegeschenk nach Hause mit. Und meine feuerroten Haare.

Die Amigos

Unsere Band hatten wir mittlerweile in Public Enemy No 7 umgetauft, das schien uns passender. Wir hatten bereits zehn Songs. Aus heutiger Sicht würde ich sagen, dass sie alle scheiße waren, für unser damaliges Niveau waren vielleicht zwei gute dabei. In Gendedorf gab es ein altes Schulhaus, das zwei Künstler gemietet hatten. Sie planten eine Doppelausstellung mit dem Titel «Punks und Politiker». Der eine malte deutsche Politiker, der andere wollte eben Punks als Sujet und bat einige von uns, ihm Modell zu stehen. Speziell Bea und mich. Wir waren sehr angetan, ich hatte ein starkes Interesse an Kunst. Die Ausstellung war im Juli, und es wurde vereinbart, dass wir mit Public Enemy dort spielen sollten. Zu den Sitzungen erschienen wir auf ausdrücklichen Wunsch des Malers voll aufgemotzt im Punk-Outfit. Wir begriffen uns stolz als werdende Kunstwerke, als vorderste Reihe der Avantgarde. Und unsere Gemälde sahen gut aus, der Maler hatte uns getroffen.

Die Vernissage fand statt an einem wunderschönen Sommerabend. Viele aus unserer Gang lagen draußen im Garten und betranken sich, Kunstpublikum schlenderte in Sektlaune zwischen Gemälden von Franz Josef Strauß und Co. und uns Dorfpunks herum. Drinnen, in einem alten Festsaal, hatten wir unsere Instrumente aufgebaut und machten uns jetzt bereit, mit der Musik zu beginnen. Mittlerweile waren wir zu viert in der Band, Bernd Lose, meinen alten Weggefährten aus der Schule, hatten wir als Leadgitarristen dazubekommen. Der Auftritt war schauderhaft. Die Musik rumpelte wie in Zeitlupe vor sich hin. Nach jedem Stück machten wir minutenlange Pausen und rauchten Zigaretten, um unsere Show zu verlängern. Ich weiß gar nicht, wie wir auf die Idee gekommen waren, das Tempo so zu verlangsamen. Das nahm unserem Auftritt jeglichen Drive, und auf den Bändern von damals hört man zwischen den Stücken das verzweifelte Bitten der Anwesenden um Erlösung: «POGO!» Was heißen sollte: «Spielt doch bitte was, und lasst uns hier nicht so dämlich rumstehen.» Wir verstanden sie nicht. Wir wollten mit unseren paar Stücken eben auf ordentliche ein bis eineinhalb Stunden Auftrittszeit kommen und rauchten weiter. Die meisten Erwachsenen verließen nach wenigen Minuten den Raum. Nach dem kurz, ungefähr vierzehnhändig beklatschten Auftrittsende dämmerte es mir langsam. So konnte es nicht weitergehen. Wir waren offenbar doch nicht die norddeutschen Sex Pistols.

Einen letzten Auftritt unserer Punkformation gab es noch. Wir hatten uns mittlerweile in «Die Götter» umgetauft und gaben im Herbst 83 ein Spontankonzert im Haus der Jugend. Dort stellten wir unseren neuen Hit vor, den einzigen Song, der von unserem ständig kleiner werdenden Publikum je mitgegrölt wurde. Er hieß «Das Sauflied».

Ich bin im Park
Und steh hier Schmiere,
Die andern sprühn
Und ich sauf die Biere.
Was ist denn das
Hinter dem Stein?
Das können ja nur
200 Bullen sein
usw.

Ich winde mich beim Niederschreiben dieses grauenhaften Textes.

Das war unsere erste Reaktion auf die nahende Funpunkwelle. Aber auch «Das Sauflied» konnte unser Ende nicht aufhalten. Wir hörten einfach auf, uns zu treffen. Irgendwann holten alle ihre Instrumente bei mir ab.

Als Übergangsprojekt hatte ich mit Sonny und Bea die

«Blockflöten des Todes» gegründet. Wir spielten alle drei Blockflöte über ein Nasenloch und sangen dazu gleichzeitig. So konnten wir mit kleinstem Aufwand große Effekte erzielen. Allerdings hatten wir nur zwei Songs, deren Texte weniger als minimalistisch waren.

Der eine ging in etwa so:

Hallo, Papa, was machst du da, lahop, lahi, laha

Zeitgleich fing ich mit Fliegevogel an, eine neue Auftrittsform zu entwickeln. Wir gingen von meinem Überraschungshit «Chico war geritten» aus und überlegten uns erst mal einen Namen. Der Name ist immer am wichtigsten bei einer Band. Zuerst braucht man einen guten Namen, der Rest ist eigentlich egal.

Wir entschieden uns schließlich für «Die Amigos». Er umschloss das, was wir waren und sein wollten: zum einen Freunde, zum anderen Wölfe auf der Schafswiese des Schlagerbereichs. «Die Amigos» – das ging anders rein als der bedeutungsschwangere Kram, den wir vorher über uns gestülpt hatten. Ich schrieb uns einen Song auf den Leib, einen Vorstellungssong. Er hieß «Hallo, wir sind die Amigos» und fing so an:

Hallo, wir sind die Amigos,
hallo, die Sonne, sie scheint,
ohohoho, hallo, wir sind die Amigos
und wo wir sind, ist überall Sonnenschein.

Daraus wurde später «Hallo, ich bin Rocko Schamoni». Die Akkorde sind ungebrochen heiter, die Melodieführung bleibt einfach und eingängig. «Hallo ...» wurde nach kürzester Zeit von allen, die den Song hörten, mitgesungen, er hakte sich sofort in das Melodiegedächtnis ein. Wir spürten das erste Mal echte Begeisterung im Publikum, wenn wir spielten. Wir drückten auf eine Stimmungsdrüse, die wir vorher immer gemieden hatten, die wir jetzt aber mit einer Art Antihaltung ausspielten. Antihaltung zur Antihaltung. Ein Bruch mit der Punkkonformität.

Karsten Hanke, unser Gangfotograf, sprach uns an, ob wir nicht auf einem großen Schulfest in Preetz spielen wollten, es wären diverse andere Bands dort und wir könnten für zweihundert Mark eine halbe Stunde lang auftreten. Fliegevogel und ich nahmen begeistert an. Wir glaubten an unser Startalent und probten gewissenhaft für den Auftritt. Mindestens einmal oder so. Das Fest fand an einem Samstagabend in der Aula des Preetzer Gymnasiums statt.

Fliegevogel und ich fuhren mit seinem Granada hin, wir hatten eine Gitarre und beträchtliche Alkoholvorräte dabei. Karsten und Maria waren auch mitgekommen. Soundcheck gab's für uns nicht, einen Großteil unserer Wirkung bezogen wir sowieso aus unserem Auftreten bzw. aus unserer ausgefuchsten Bühnengarderobe. Wir trugen alte Gabardine-Schlaghosen, Ponchos und Sombreros, dieses Outfit war unser Markenzeichen. Auf unseren Auftritt mussten wir ziemlich lange warten, vor und nach uns spielten Profibands im Stil von Def Leppard oder so. Fliegevogel nahm in kurzer Zeit beträchtlich viel Alkohol ein. Wir standen im Flur vor der Aula, als er mir mit glänzenden Augen eine Superidee präsentieren wollte. «Komm mit!», sagte er. «Ich habe was Tolles vor, schau mal!» Vor uns auf dem Boden saß ein Punk mit Iro und harrte gelangweilt der Dinge, die da kommen sollten. Fliegevogel stellte sich breitbeinig vor ihn und rief mir zu:

«Jetzt ... pass mal auf ... super ... pass auf!»

Der Punk sah verwirrt zu ihm hoch. Fliegevogel öffnete seine Hose, holte seinen Pimmel raus und pinkelte dem Jungen einfach ins Gesicht. Der öffnete vollkommen perplex den Mund, um zu protestieren, bekam aber nur ein Gurgeln raus. Fliegevogel schaute mich begeistert an, in dem Moment war der Punk aber schon aufgesprungen und trat den immer noch pinkelnden Amigo von sich weg. Was das denn solle, schrie er ihn an, er würde ihn zusammenschlagen usw. Fliegevogel reagierte vollkommen verständnislos, das war doch nun echt Punkrock, oder? Ich ging dazwischen, um weitere Grobheiten zu verhindern, bekam aber langsam Zweifel an der Realisierbarkeit unseres Auftritts.

Eine halbe Stunde später kamen wir dran. Die Aula war gerammelt voll, mindestens vierhundert Schüler standen im Raum, auf den Treppen, in den Türen. Die ambitionierten Poprocker vor uns hatten nach einem dürftigen Applaus ihr Equipment abgebaut und waren von der Bühne. Also los. Fliegevogel und ich enterten die Bretter von der Treppe aus und fingen an, mit den Mikros ins Publikum zu krakeelen. Es war das erste Mal in meinem Leben, dass ich so etwas wie Entertainment betrieb, all unsere Punkauftritte vorher hatten wir zwischen den Songs wortlos absolviert. Aber jetzt gab es nichts außer uns beiden, keine lauten Amps, kein Schlagzeug, wir selber mussten wirken, durch uns. Die Musik spielte eine untergeordnete Rolle, alle merkten sofort, dass an uns etwas anders war, dass wir nicht ganz sauber waren, dass wir über uns selber lachen konnten. Man johlte uns zu. So etwas wie uns hatten sie noch nicht gesehen. Wir spielten einen Song, schrammelten, grölten, heizten uns selber auf, betonten immer wieder, wie super wir seien, und die Leute nahmen es an, reagierten, fanden uns wirklich super. Ideal. Nach drei Songs hatten wir die Aula komplett im Griff, Endorphin, Adrenalin, Glücksgefühle auf der Bühne, wie ich es noch nie erlebt hatte. Für totalen Müll. Positiv aufgeladenen Müll, der die Leute kickte. Wir wollten die Bühne nicht mehr verlassen, obwohl wir unser gesamtes Programm bereits gespielt hatten, immerhin vier Songs. Die nachfolgende Band drängelte, sah sich entthront von zwei Bauerndeppen mit Sombreros. Schließlich verließen wir die Bühne, umtost vom Jubel der Menge.

Vollkommen benommen, immer wieder angesprochen von

neuen Fans, wankten wir zum Ausgang. So geht das also. Eigentlich total einfach, man muss nur an die eigene Superkeit glauben. Wir feierten unseren Triumph die ganze Nacht.

Als wir zurück nach Schmalenstedt fuhren, wurde es bereits hell. Fliegevogel ließ mich an der Brücke bei der Umgehungsstraße raus, um zu wenden und nach Hause zu fahren. Dabei ging sein Motor aus. Er versuchte eine Ewigkeit, den Wagen wieder zu starten, vergeblich. Schließlich schloss er von innen die Türen ab, klappte den Sitz zurück und legte sich schlafen. Das einzige Problem daran war, dass er mitten auf der Umgehungsstraße, also wirklich quer auf der Hauptverkehrsader zwischen Schmalenstedt und Saale stand. Er fiel in einen steinernen Schlaf und erwachte erst Stunden später durch das laute, dröhnende Geräusch, das die zwei Polizisten erzeugten, die mit ihren Fäusten wütend auf das Autodach einprügelten. Hinter ihnen standen in einer langen Schlange die Berufstätigen von Schmalenstedt, die genug davon hatten, Fliegevogel von den Amigos beim Schlafen zuzusehen. Den Führerschein musste er neu machen.

Das nächste große Muss

Nach einem drei viertel Jahr im Berghof fing auch diese Institution an, mich zu langweilen, und ich blieb den Kursen immer öfter unentschuldigt fern. Ich trampte zu David, der nach Preetz gezogen war, in eine tolle Punk-WG. David hatte bereits begonnen, ernsthaft zu malen. Sein bestes Bild hieß: «Dusch doch selbst, Herr General».

Manchmal holte mich auch HB mit seinem alten VW-Bus vom Berghof ab. Darauf war ich besonders stolz, HB war für mich ein Guru. Er trug immer einen langen Fischgrätmantel, Springerstiefel und einen weich gewaschenen Huronenschnitt, der zwischen Punk und Popperchic changierte. Uns Jüngere behandelte er väterlich. Wir fuhren nach Kiel oder zu ihm nach Hause nach Saale. Dort spielte er uns Musik vor oder erklärte uns Weinsorten.

Ich hatte vor, den Berghof vorzeitig zu beenden, und meine Eltern ließen das nur unter der Prämisse zu, dass ich mich beim Arbeitsamt um eine Zukunftsperspektive kümmerte. Ich sagte erst mal zu und wurde einem älteren Sachbearbeiter zugeteilt, Herrn Stolpe, mit dem ich lange Gespräche führte, in denen herausgefunden werden sollte, was für mich das Beste sei. Ich wollte an die Kunsthochschule nach Kiel, aber das war aus irgendwelchen Gründen nicht möglich. Schließlich blieb von allen Unmöglichkeiten nur ein Angebot übrig, eine Lehrstelle in Stelling als Töpfer.

Was sollte ich tun, ich fuhr zum Vorstellungsgespräch mit der Meisterin und einzigen Beschäftigten des Töpferbetriebes. Sie war noch recht jung, vielleicht so Mitte dreißig, klein und zierlich und vom Auftreten her ziemlich hart, aber ehrlich. Sie akzeptierte mich selbst unter meiner Bedingung, Nietenarmbänder und bunte Haare tragen zu dürfen. Jetzt kam ich nicht mehr davon. Man wollte mich zum Töpfer machen. Meine Mutter war begeistert, es schien ihr unter den gegebenen Bedingungen die beste Möglichkeit, und abgesehen davon mochte sie den Werkstoff Ton sehr gerne. Ich nicht. Eigentlich war das für mich Hippiescheiße, aber immer noch besser als Bankangestellter oder so was. Und meine Eltern ließen mir keine Wahl, entweder ich sagte ja oder ich könnte ausziehen. Dafür war ich mit meinen sechzehn Jahren zu feige. Dann schon lieber Kneten.

Ich genoss die drei letzten Monate in Freiheit und holte tief Luft, bevor ich wieder abtauchen sollte ins nächste große MUSS.

Kleine Freiheit

Bis zum Beginn der Lehre war ich noch auf so vielen Partys wie möglich, ließ mich treiben, stand endlich nur dann auf, wann ich wollte, lebte so frei, wie es mein kärgliches Taschengeld zuließ. Es war Frühling, und die Möglichkeiten schienen mir für einen Moment unbegrenzt. Wir fuhren viel durch die Gegend, manchmal nach Kiel und ab und zu auch nach Hamburg.

Einmal gurkten Piekmeier, Sid, Pelle, ich und andere mit HB im VW-Bus wieder dorthin. Wir wollten ins B'sirs, das war der angesagte Schuppen, hieß es. Wir waren sehr aufgeregt, voller Vorfreude, in die große Stadt zu fahren und in den coolsten Laden zu gehen. Wir suchten eine ganze Weile, fragten Szenisten, wo wir lang müssten, und fanden schließlich unser Ziel. Um elf herum standen wir am Tresen und bestellten Getränke. Es war so aufregend. Das waren also die coolsten Leute der Großstadt, so sah das aus. Nach einigen Minuten patrouillierte ein Skin in schwarzen Klamotten durch den Laden, und jemand sagte uns, der sei von der Savage Army. Das waren so Nazipunks. Er guckte uns schief an, denn wir waren die einzigen Punks in dem Laden voller Waver. Dann verschwand er eilig, wir hinterher. Draußen sahen wir, dass er seinen Kumpels schon Bescheid gesagt hatte, eine ganze Menge fetter Glatzköpfe kam die Straße entlanggestürmt. Wir rannten in alle Richtungen auseinander, Piekmeier und ich liefen zusammen. Der Trupp blieb uns dicht auf den Fersen, es waren etwa zehn Mann. Wir gaben Gas, rannten um eine Ecke und dann in einen lang gezogenen Hinterhof. Grober Fehler, hier ging es nicht weiter. Wir hörten, wie das Stiefelgetrappel in einiger Entfernung stoppte, sie schienen unsere Spur verloren zu haben. Piekmeier und ich versteckten uns im letzten Winkel des Hofes, hinter einem kleinen, vollkommen kahlen Strauch. Kein einziges Blatt hatte der, wir hätten auch einfach Äste vor uns halten können, der Effekt wäre der gleiche gewesen. Der Trupp schickte einen Späher auf den Hof, der sich uns langsam näherte. Piekmeier hatte eine Gaspistole dabei, ein süßes, kleines Sechs-Millimeter-Teil, mit dem man beispielsweise einen Hamster hätte stoppen können. Aber keinen Savage-Army-Trupp. Der Vollmond schien hell vom Himmel und warf die dünnen, filigranen Schatten des Strauches gestochen scharf auf unsere Gesichter. Der Typ kam näher, bis er direkt vor unserem Busch stand. Aber er sah uns nicht. Ich weiß nicht, warum, vielleicht war er kurzsichtig. Piekmeier zielte direkt auf ihn. Er war vielleicht einen Meter von uns entfernt, blieb stehen und witterte. Dann drehte er sich um, ging langsam zu seinen Kumpels zurück, und wir hörten sie beratschlagen. Schnell kletterten Piekmeier und ich über eine Seitenmauer des Hinterhofs in den nächsten Hinterhof und von da aus in den nächsten und so weiter. Nach einigen Quermauern schlichen wir im letzten Hof zum Ausgang, sahen den Trupp etwa hundert Meter von uns stehen und rannten in die andere Richtung los. In dem Moment kam HB mit dem Bus vorbeigekurvt, und wir sprangen in den fahrenden Wagen.

Wir fuhren sofort zurück nach Schmalenstedt, denn unsere Meinung über Hamburg hatte sich spontan geändert. Wir fanden es sehr bescheuert dort und hatten erst mal überhaupt keinen Bock mehr auf Reisen dahin. Für ein paar Wochen war unser Fernweh gesättigt.

Dafür beschlossen wir, mit etwa zehn Leuten dieses Jahr nach Roskilde zum großen Rockfestival zu fahren. Killing Joke sollten spielen, The Alarm, Lou Reed, Iggy Pop und viele mehr.

Bea, Sonny und ich fuhren mit Sonnys erstem Opel, ein paar Zelten und Schlafsäcken los. Wir waren wahnsinnig gespannt auf die Bands, mehr aber noch auf den Massenevent, die Alkoholexzesse und das legendäre Schlickrutschen. Auf einer großen Wiese ergatterten wir zwischen Tausenden anderer Rockzombies einen engen Platz, stellten unsere Gewebehülle auf und begannen sofort und eifrig mit der Einnahme von Alkohol.

Dann gingen wir auf eine Exkursion über das Gelände, das total unübersichtlich war. Wenn man sich hier verlor, verbrachte man den Rest des Tages alleine. Handys gab es ja noch nicht. Das Areal war überfüllt mit Menschen, jungen, armen, stinkenden Menschen wie wir, alle auf der Suche nach dem ultimativen Kick. Wildheit, Freiheit, Freundschaft, Sex, Drogen, Alkohol, Verschmelzung, Zerfließen, Modekicks, Visionen in Rock standen auf dem Spielplan. Während wir uns durch die Menge schlugen, drehte ich immer mehr auf, fühlte mich wie ein Piranha unter Zierfischen, mein inneres Kraftwerk war kurz vorm Explodieren. Die Aufregung schlug mir derart auf den Magen, dass ich mich übergeben musste und fürs Erste total beleidigt durch Gott und die Vorsehung ins Zelt wankte. Wieso musste es mir gerade jetzt schlecht gehen? Ich schlief ein paar Stunden, stand dann abends wieder auf; der Sound von Rock hatte mich erneut zum Leben erweckt. Ich schnappte mir eine verbliebene Flasche Rheinhessen, überraschte meinen Magen, indem ich die erste Hälfte auf ex trank, und machte mich dann erneut auf ins Getümmel. Ich hatte das große Glück, pünktlich zum Auftritt von Killing Joke vor der großen Bühne zu stehen, ich war wirklich Fan von denen. Es wurde schon richtig dunkel, und Jaz Coleman zog eine unheimlich theatralische Show ab, während wir Fans zum tiefen Standtom-Getrommel, das ihren Sound bestimmte, in wilde Verzückung gerieten. Das war also das Feeling von Festivals! Mit der Masse zu verschmelzen, aufgehoben zu sein, unbeobachtet und frei. Ich ließ mich gehen, tanzte ausgelassen mit meiner Flasche und scannte ab und zu die Menge nach meinen Freunden ab. Schließlich entdeckte ich zu meiner Freude Lara und Jennifer, die auch hier waren.

Nach Killing Joke trat Johnny Winter auf. Den fand ich schrecklich. Er kam mit seiner Band auf die Bühne und fing direkt mit einem endlosen Bluessolo auf der Gitarre an, dass es mir den Magen erneut umdrehte. Schließlich nahm sich ein gewisser Olli aus Oldenburg, ein junger Prollpunk, ein Herz und schmiss Johnny Winter seine halb volle Dose Bier an den Kopf. Das Solo stürzte krächzend ab, Johnny taumelte, wurde wahnsinnig sauer, schrie rum, schmiss die Gitarre weg und rannte von der Bühne. Die Menge brüllte, und Olli aus Oldenburg wurde geschnappt. Verprügelt überreichte man ihn der Polizei, die ihn am nächsten Tag außer Landes brachte. Ich empfand ungerechterweise kein Mitgefühl für Johnny Winter. Höchstens für Olli, den ich auch nicht persönlich kannte.

Am nächsten Tag spielten Lou Reed und später The Alarm. Es regnete, und der Sänger von The Alarm oben auf der überdachten Bühne entblödete sich nicht, «aus Solidarität» mit den Massen Mineralwasser über seinen Kopf zu kippen. Das löste eine warme Welle der Dankbarkeit im Publikum aus, ein waberndes U2-Gefühl umschlang uns alle. Das reichte. Bea, Sonny und ich waren schon so relativ genervt von all dem Gematsche, Gepisse, Gekotze gewesen, und wir beschlossen zu fahren, zurück in unsere Kleinstadt, zu unserem Marktplatz, wo wir die einzigen Störenfriede waren.

Nelly gab eine Party. Sie war eine Schulfreundin und in ihrem Äußeren, wie viele andere Mädchen auch, etwas unentschlossen, was die Zugehörigkeit zu Punk betraf. Das drückte sich in einer leicht opportunistischen Frisur aus, bei der die Seiten lang und normal blieben und nur oben auf dem Kopf ein paar Haare kurz geschnitten wurden. Soft-Punk sozusagen. Von der Art her so ähnlich wie David Beckham oder die ganzen anderen Popperwaschlappen, die sich heutzutage nicht trauen, einen richtigen Iro zu tragen und deswegen das obere Deckhaar zu einem ärmlichen Kamm zusammenfrisieren.

Nellys Eltern waren übers Wochenende nicht da, und sie hatte ihre Freunde eingeladen, auf einen gemütlichen Abend bei ihr zu Hause.

Wir kamen relativ früh und benahmen uns anfangs auch ganz ordentlich. Wie üblich transportierten wir größere Mengen an Alkohol von Käthe, und die nahmen wir auch zügig ein. Nach circa zwei Stunden setzte – anfangs noch zaghaft – ein Fest der Zerstörung ein, mit dem wir selbst nicht gerechnet hatten. Wir waren vielleicht zwanzig Leute, arbeiteten aber über den Abend wie vierzig an dem Haus. Während einer von uns, ich weiß nicht mehr, wer es war, oben im Bett saß und verzückt Nellys Stofftiere anzündete, versuchten andere, den Weinkeller aufzubrechen. In Wirklichkeit war es die Besenkammer, aber das rettete die Tür auch nicht. Die Küche bekam einen neuen Anstrich in Blassorange aus frischen Eiern. Die Essensvorräte aus der Vorratskammer wurden entweder verzehrt oder zweckentfremdet im Haus installiert. Im Garten brach jemand zusammen mit dem Betondeckel in die Klärgrube. Nelly stand dem allen fassungslos gegenüber, der Wirbelsturm war in Bewegung geraten, und niemand konnte ihn stoppen. Es gab keinen ausgesprochenen Zerstörungswillen Einzelner, keine bösen Interessen, es gab nur eine dynamische Hysterie, eine Freude an Sinnauflösung, den hellen Spaß am Verbotenen. Die Party dauerte lange.

Als Pelle am nächsten Morgen aus Nellys nach Rauch stinkendem Zimmer kam und am oberen Rand der Treppe stand, zog Piekmeier am unteren Ende den Treppenläufer stramm, sodass alle Läuferstangen aus den Halterungen sprangen und Pelle ärschlings die ganze Treppe runterknallte.

Langsam erwachten wir aus unserem Rausch und bemerkten, was wir da angerichtet hatten. Das Hausinventar war fein säuberlich zerstört. Klammheimlich und feige verließen wir den Ort unseres Wirkens. Wenn jemand gefragt hätte, wer die Zerstörung angerichtet hätte, wäre unsere Antwort sicherlich gewesen: «Keine Ahnung, das war schon …» So wie immer eben.

Die arme Nelly bekam einen Mordsärger. Danach gab sie für uns nie wieder eine Party.

Auch HB gab manchmal Partys, er war aber vorausschauend

genug, um sich auf denkbare Schäden vorher einzustellen. Wir kamen und nahmen ihm dankbar die Bude auseinander. Rallinger (Beas Bruder, der auch Punk geworden war) kam mit der Türklinke, der dazugehörigen Tür und dem Türrahmen herein. Er lehnte sich gegen Bücherregale, die als Ganzes seiner Bewegung folgten und nachgaben, um sich müde hinzulegen, während sich Hunderte von Büchern über den Boden ergossen. Im Kühlschrank gab es Schampus. In einem speziellen Fach lag halb eingefroren eine zehn Jahre alte Flasche Krimsekt, das Herzstück der Weinsammlung des Generals, das war HBs Vater. Er war auf Reisen und die Mutter arbeitete. Wir knackten den Krimsekt, genau wie alle anderen guten Flaschen, soffen alles auf ex drei viertel leer und schmissen den Rest über den Zaun. Das Wohnzimmer ließen wir weitgehend unversehrt. Zu groß war unser Respekt vor HB und vor dem General, der uns sicherlich körperlich bestraft hätte. Mich hatte man an die Wand gelehnt, denn ich schlief unter der Einwirkung von Alkohol oft unvermittelt ein, und mich zur Zielscheibe für Mandarinen-Dart gemacht. Es ging darum, mir möglichst viele Mandarinenstücke in den offenen Mund zu schmeißen.

Am nächsten Mittag saßen wir friedlich zusammen auf dem Balkon, als Heffer und Honk dazukamen. Sie hatten in der Nähe einen Weinkeller aufgebrochen, in dem es Spitzenweine gab und aus dem sie sich schon seit Monaten bedienten. Für Alkohol gaben sie kein Geld mehr aus, höchstens noch für Zucker. Heffer zog einen 1968er Weißwein aus der Lederjacke, dessen Korken er sogleich mit dem Zeigefinger eindrückte, um ein Probierschlückchen zu nehmen. HB verdrehte die Augen. Ihm als Connaisseur tat das in der Seele weh.

Es war ein erstklassiger Wein, trocken und charaktervoll, den Heffer da aus dem Regal gegriffen hatte. Er schürzte angesäuert die Lippen, zog aus der anderen Jackentasche ein Pfund Zucker und kippte einige Esslöffel in die Flasche. Dann schüttelte er alles durch und fing nun freudig an zu trinken.

Piekmeier, Flo, Sid und ich freuten uns, mit welcher Kennerschaft da erstklassige Stoffe per Zeigefinger geöffnet und dann mit Zucker veredelt wurden, um schließlich auf ex runtergesoffen zu werden.

Neue Namen, neue Wunden, neue Drogen

Ab 1983 fingen wir an, uns neue Namen zu geben. Ich kannte diese Methode der Identitätsformung ja schon vom Dorf, dort wurde keiner mit seinem richtigen Namen gerufen, im Gegenteil: Man war erst drin, wenn man einen eigenen Namen hatte.

In unserer Punkgang war es ähnlich. Wir wussten, dass wir uns neue Namen für unsere neue Familie ausdenken mussten. Ich wurde zu Roddy (Rodriguez) Dangerblood, Flo zu Johnny Anaconda, Piekmeier zu Jimmy Deadfuck, Maria (Flos damalige Freundin) zu Frenchy Diamond, Christoph Paul zu Uglus, Andi Schell zu Eisenkopf und so weiter. Unsere früheren Namen warfen wir ab wie alte Häute, sie waren die Bezeichnungen, die uns von unseren Eltern und einer starren Maschine hinter ihnen übergestreift worden waren, um uns zu identifizieren. Wir wollten aber nicht mehr zu identifizieren sein.

Diese neuen Namen sollten uns befreien. Sie waren eine Unabhängigkeitserklärung.

Genau wie die nicht enden wollenden Initiationsriten.

Bei Meier schnitten wir uns regelmäßig die Arme auf, um durch Blutsbrüderschaft unsere Zusammengehörigkeit zu demonstrieren. Aids war uns noch nicht bekannt. Dietrich Maas schnitt sich mit einem abgeschlagenen Flaschenhals ein fünfmarkstückgroßes Fleischteil aus dem Arm und musste daraufhin zum Arzt gebracht werden, weil die Wunde überhaupt nicht mehr aufhören wollte zu bluten. Er hätte, rein quantitativ, mit ganz Meier's an jenem Abend Blutsbrüderschaft feiern können. Dietrichs Verhältnis zu Verletzungen war ohnehin angstlos. Ein anderes Mal sprang er an einem Typen hoch, der zwei Köpfe größer als er war, und biss ihm die Nasenspitze wie einen Wurstzipfel ab.

Wir trugen alle ständig Verletzungen mit uns rum, je doller, desto besser. Schnittwunden, Schlagwunden, Brandwunden, alles brachte Respekt. Piekmeier hielt immer ein großes Repertoire an Wunden für uns bereit und brachte sie uns, ob wir wollten oder nicht, gerne bei. Er war der Wundenwart und verteilte die Orden.

Dietrich war es auch, der als Erster Sicherheitsnadeln in den Wangen trug. Er erschien zum Schulfasching in der KGS (Kooperativen Gesamtschule Schmalenstedt) mit je einer Nadel links und rechts im Mundwinkel, die er mit Ketten von Nadeln mit seinen Ohren verbunden hatte. Viele Schüler und Lehrer waren schockiert, sie ahnten nichts von einer gepiercten und tätowierten Zukunft der Welt und hätten jeden für verrückt erklärt, der behauptet hätte, dass zwanzig Jahre später die meisten Jugendlichen Metallteile durch die verschiedensten Körperteile tragen würden und jede Friseuse ein Arschgeweih zwischen Po und Rücken gepeikert hätte.

Piekmeier und ich waren beeindruckt von Dietrichs Aktion. Härter ging's nimmer. Eines Nachmittags auf dem Markt schossen wir uns jeder ein paar Bier schwedisch rein und setzten unsere ersten Nadeln an. Es erwies sich als schwerer, als wir gedacht hatten, denn die Wangenhaut besteht aus mehreren Schichten, durch die man wie durch zähes Leder dringen muss. Der Schmerz an sich ist eher auszuhalten als dieses stumpfe Arbeiten gegen den Widerstand der eigenen Körpersubstanz. Schließlich aber, wenn die Nadel saß, war es ein gutes Gefühl, und wir brachten jeder gleich noch eine auf der anderen Seite an. Man hatte uns vor Nervenbahnen gewarnt, die einen beim Durchstechen vor Schmerz zusammenbrechen ließen, vor halbseitiger Gesichtslähmung und so weiter, also desinfizierten wir die Wunden ausgiebig mit Wodka. Die Glücksgefühle hielten bis zum nächsten Morgen. Piekmeier erwachte bei einem Freund im Bett, richtete sich auf und verspürte starke Zugschmerzen in seinem Gesicht. Die Sicherheitsnadeln hatten sich nachts geöffnet, und die Kissen waren an ihnen hängen geblieben. Er sah aus wie ein Ewok aus «Die Rückkehr der Jediritter», ein Ewok mit Wurzelentzündung.

Ich hatte meine herausgenommen, weil ich das Zahnspangengefühl, das man beim Beißen auf das Metall bekam, auf Dauer nicht mochte. Zwar durchstachen wir noch öfter unsere Wangen, aber eher um des Durchstechens willen als um des Tragens der Nadeln. Jedes Mal warnte mich meine Mutter vor den Konsequenzen. «Wenn du die Nadeln nicht herausnimmst, bleiben die Löcher für immer, und beim Trinken fließt dir das Getränk aus der Backe.» Ach, du dickes Osterei, schlimme Aussichten, das Getränk kommt durch die Backe, na, dann nehme ich die Nadeln wohl lieber raus.

Aber es gab auch Verletzungen, die wir uns nicht mutwillig beibrachten.

Im Sommer waren wir, wie gesagt, oft den ganzen Tag am Strand. Abends gingen wir dann zu Danemann. Das war ein kleiner Imbiss in Grotewacht am Strand, ein Familienbetrieb, bestehend aus einem Grill, einer Getränkebude und vier kleinen Basthütten, die mit den Vornamen der Familienmitglieder des Imbissbesitzers versehen waren. Hans Danemann stand immer hinter der Fritteuse, manchmal mit einem blauen Auge oder irgendeiner Verletzung, die er sich in einer Prügelei mit einem betrunkenen Gast zugezogen hatte. Wir liebten ihn wegen seiner ruhigen, groben, etwas mürrischen, aber trotzdem gutmütigen Art. Er mochte uns wohl auch, kam aber immer wieder an unsere Tische und bat uns mit Rücksicht auf die Touristen um Ruhe. Wir waren Freud und Pein zugleich für ihn. Freud wegen unserer Lebenslust und unserer Konsumfreude, Pein wegen unserer Unbremsbarkeit. Über viele Jahre blieben wir ihm treu, und es war ein besonderer Tag, wenn im Frühjahr, nach einer langen und kalten Pommes-Durststrecke, Danemann endlich wieder aufmachte.

«Sach ma, hat Danemann eigentlich schon auf?»

«Nee, ich glaub, morgen ist erster Tag.»

«Okay, dann sach ich allen Bescheid und ruf noch ’n paar Leute aus Eutin und Timmendorf an. Also morgen um acht.»

Alle kamen, wir feierten, und hier nahm ich auch das erste Mal harte Drogen. Jemand hatte Speed aus Hamburg mitgebracht. Mehrere der anwesenden Punks nahmen es durch die Nase ein und boten mir auch davon an. Ich hatte Mordsrespekt vor dem Zeug, außerdem hatte ich Christiane F. gelesen und glaubte die mir dort vermittelte Botschaft. Aber die, die es genommen hatten, lachten mich aus, und am Ende ließ ich mich doch überreden, eine kleine Portion eingewickelt in etwas Zigarettenpapier runterzuschlucken. Voller Angst erwartete ich die Wirkung und versuchte mir die Übergangsphase mit etwas Lambrusco zu erleichtern. Ich hatte keine Ahnung, was auf mich zukommen würde, und war auf das Schlimmste gefasst, irgendeine Art Horrortrip oder so. Nach etwa einer Viertelstunde fing die Wirkung langsam an und entfaltete sich dann in der Stunde darauf gänzlich. Die Angst wich vollkommen von mir, machte einer stürmischen Euphorie Platz, die ich so noch nicht erlebt hatte. Später lernte ich dieses Gefühl als Zusammenfassung aller Lügen in mir neu lesen. Damals aber erschien es mir wie ein Himmel voller Geigen. Mein Motor brauste auf, meine ohnehin schon nervöse und schnelle Art beschleunigte sich auf Turbo, die Worte kamen wie Geschosse aus mir, und in meinen Mundwinkeln bildeten sich kleine Schaumkronen. Ich hätte alle gleichzeitig umarmen können und rannte aufgedreht zwischen den Pommes-Hütten hin und her. Dieser Moment sollte bitte nie aufhören. Ich konnte nicht verstehen, warum nicht alle Menschen überall und immer auf Speed waren. Speed war billig, Speed wirkte lange, und vor allem wirkte es atemberaubend. Ich hatte das Gefühl, im Drogenbereich endlich das Pendant zu meinem Wesen gefunden zu haben. Ab jetzt nicht mehr dieses läppische Ephedrin, von dem man mindestens acht Pillen nehmen musste, und dann bekam man doch nur Kopfhautjucken. Speed war eine echte Droge, eine schwarze Droge, etwas ganz anderes. Ich wurde der beste Freund von Typen, mit denen ich sonst eigentlich nichts zu tun haben wollte, mein Mund formulierte ferngesteuert Worte der Nähe und Verbindlichkeit, für die ich mich im Nachhinein schämen musste, denn sie waren gelogen. Als die Wirkung nach etwa sechs Stunden nachließ, ging es mit meiner Laune steil bergab. Damit hatte ich nicht gerechnet. Dass das ja auch mal wieder aufhören würde. Ich versuchte, die Übergangssituation mit Alkohol auszukleiden, konnte mich aber eines leeren, kalten und schalen Gefühls der Verlassenheit nicht erwehren. Das war eine ziemliche Ernüchterung. Ich nahm es noch diverse Male, aber es war nie mehr so toll wie beim ersten Mal, und als die schlechten Gefühle danach und der Geruch von Lüge dabei die guten Gefühle überwogen, ließ ich es für immer sein.

Eines Abends war ein Teil unserer Gang wieder bei Danemann gewesen. Danach sollte es, wie gewohnt, zu Meier gehen. Pelle fuhr, neben ihm vorne saßen HB und Malte Becker (der zu dem Zeitpunkt der erste Popper Schmalenstedts war, mit Seitenscheitel und Lacoste-Klamotten, was ihm einen freundlichen, aber beständigen Hämeschwall einbrachte), hinten waren Dietrich, Flo, Karsten Hanke und Bonni, der einzige Schwule in unserer Gang. Alle hatten getrunken, und es waren natürlich viel zu viele für den relativ engen Citroën. Keiner schnallte sich an, und Pelle gab ziemlich Gas. Rote Ampeln wurden bei uns häufig mit den Worten «Gib Blei, is Punkergrün!» überfahren. Die Strecke von Grotewacht nach Behringsdorf ist eine schöne, gewundene Landstraße, die direkt zwischen der Ostsee und einem großen See entlangführt. Vor zwanzig Uhr eine beliebte Rentnerspazierfahrstrecke. Nach zwanzig Uhr eine beliebte Zu-Meier-Rennfahrstrecke.

Nach etwa drei Kilometern kam Pelle ein Ford Granada in einer Kurve entgegen. Beide fuhren zu weit in der Straßenmitte, sie knallten mit ihren linken Scheinwerfern zusammen. Pelle raste mit neunzig Sachen in das Feld neben der Straße. Der Wagen überschlug sich und blieb nach etlichen Metern auf dem Dach liegen. Flo kroch als Erster durch die kaputte Heckscheibe aus dem Auto. Überall hörte er Schmerzstöhnen, und er hatte Schwierigkeiten, den Unfallort in den Blick zu bekommen. Bonni saß mit blutüberströmtem Gesicht im Heck des Wagens, neben ihm Karsten, dessen Hand schwer verletzt war. Dietrich hatte eine schlimm aussehende Rückenverletzung, versuchte aber tapfer, sich in ein Gebüsch zu flüchten, da zu viele Insassen im Auto gewesen waren. Flo ging los zu Meier, um einen Arzt zu rufen und um Bier zu trinken. Derweil sickerte die Nachricht bis zu uns anderen in Schmalenstedt. Die Mädchen drehten durch, und die Gerüchtespirale schraubte sich ins Unermessliche. Am Anfang war von zwei bis drei Toten die Rede, langsam, von Telefonat zu Telefonat, sackten die Opferschar und die Schwere der Verletzungen auf ein überschaubares Maß zusammen.

Aber irgendwelche Blessuren und Schnittwunden trugen alle davon. Karsten allerdings war der Einzige, den es schlimmer erwischt hatte. Er verlor einige Glieder seiner Finger, was für uns alle Schock genug war, und verbrachte längere Zeit im Krankenhaus. Natürlich war der Unfall kein Grund, danach ein anderes Fahrverhalten an den Tag zu legen. Dazu sollten uns im Laufe der Jahre die Zeit und die Polizei bringen.

Der Sachsenstein

Es war zu Beginn meiner Lehre, als ich den Sachsenstein kennen lernte, den wichtigsten Hot Spot der kommenden Jahre.

Der zweithöchste Punkt Norddeutschlands nach dem Bungsberg mit seinen 174 Metern ist der Sachsenstein. Auf einem bewaldeten Hügel, drei Kilometer von der Ostsee entfernt, stehen eine alte Jagdzinne und ein schönes zweistöckiges Forsthaus, welches ein Restaurant mit Kneipe und eine Wohnung mit Dachterrasse beherbergt. Dieses Restaurant hatte etwa 1980 ein legendärer Wirt aus Hamburg übernommen, sein Name war Paul Mascher. Er war in den Siebzigern der Hamburger Szenewirt schlechthin gewesen. Als ihm der Rummel zu viel geworden war, hatte er sich den verwunschenen Ort im Wald bei uns ausgesucht, um ein etwas ruhigeres Leben zu beginnen. Er zog mit seiner Frau Marta und seinen beiden Söhnen Olliver und Jens in das Forsthaus, baute das alte Restaurant etwas aus, stellte ein paar gute Köche ein und war selbst ständig in der Bar hinter dem Tresen anzutreffen.

Der Sachsenstein wurde bald zum Treffpunkt für alle etwas wilderen oder fortschrittlicheren oder individualistischeren Typen ab vierzig, die es in der Gegend gab. Nachts gab es dort wilde Saufgelage, zumindest hatten wir das gehört.

Auf Dauer war Meiers ermüdend für uns, und deshalb durchforsteten wir ständig die Gegend nach neuen Hot Spots. Ich glaube, ich hatte durch Florian und David vom Sachsenstein gehört. Man erzählte mir, David wäre der Liebling jenes durchgeknallten Wirtes aus dem Wald, und dort würden wahnsinnige Nächte stattfinden.

Anfänglich weigerte ich mich, dorthin zu gehen. Da waren doch lauter Typen, die Vollbart trugen und so alt wie meine Eltern waren, was sollte ich denn da? Und dann wurde dort die ganze Zeit Jazz gehört, das fand ich ebenfalls eher abstoßend.

Aber am Ende konnte ich meine Neugierde nicht mehr zähmen, die Geschichten, die die anderen erzählten, klangen zu spannend.

Irgendwann im Frühling 1984 kam schließlich auch ich mit Piekmeier zum Sachsenstein. Wir hatten uns am frühen Abend bei Käthe eine Flasche Spätlese gekauft und gingen die ganze Strecke zu Fuß, von Schmalenstedt an der Umgehungsstraße entlang durch Dörp, vorbei an der Bushaltestelle mit den obligatorischen Dorfprolls, über die kurvige Landstraße durch den Rapianer Wald und dann am Ende die lange, schnurgerade Lindenallee bergauf zum Turm. Als Kind war ich hier mal mit meinen Eltern gewesen, zum Ostereiersammeln. Jetzt sah ich die Szenerie mit neuen Augen. Links und rechts der Allee lagen die weiten Felder im Licht des Frühlingsabends, Getreide und duftender Raps, hinter uns versank, während wir bergauf gingen, der Wald, und dahinter erschien glitzernd die Ostsee. Der Kies der Auffahrt knirschte unter unseren Springerstiefeln, auf der Terrasse saßen Gäste bei einem Glas Wein, und vor uns ragte dunkel der zinnenbewehrte Turm zwischen riesigen Tannen in den dunkelblauen Abendhimmel. Wir waren zwei Fremdobjekte in dieser Idylle, unsere Klamotten hatte jemand in London in einem Laden, der «Sex» hieß, gestrickt, für City-Action, aber nicht für das hier.

Links und rechts vom Eingang standen Holzregale, die mit Wein und eingelegtem Gemüse gefüllt waren. Im Schankraum hinter dem alten Holztresen stand, mächtig und mit Vollbart, Paul und zapfte Guinness. Über dem Tresen lag kreischend David Becker, in knallroten Satinhosen und mit flunsigen Haaren, um sich einen Rotwein zu angeln, den er in sudelnder Punkmanier direkt aus der Flasche soff. Flankiert wurde er von mehreren vollbärtigen Mittvierzigern, die aussahen wie sozialdemokratische Biologielehrer, ihm aber trink- und gröltechnisch in nichts nachstanden. Ich war beeindruckt. Flo war ebenfalls zugegen und in der Szene offenbar bekannt. Das Ganze wurde überschallt von sehr lauter Jazzmusik. Ohne über größere Bargeldreserven zu verfügen, bestellte ich Bier und dann noch mehr Bier. Man gab mir viel davon. Binnen kurzer Zeit war ich von der Qualität des Hauses in jeder Hinsicht überzeugt und fand auch Jazz auf einmal gut. Im Verlauf des Abends ging das Gelage zunehmend in eine Art halbritterliches Kampfspiel über, bei dem Piekmeier immer wieder bis zu vier Barhocker hintereinander aus dem Stand übersprang. Diese Tresensportart sollte er von jetzt an für viele Jahre pflegen. Schließlich arteten die Spiele in dampfende Mutproben aus. Dabei ging es darum, dass jeweils einer von uns Punks einem der bärtigen Lehrertypen eine brennende fette Zigarre auf dem nackten Bauch ausdrückte. Nachdem diese zischende Brandwunde platziert war, durfte wiederum ein Bärtiger einen von uns verkohlen. Auch hier war Piekmeier mit Freude und Innovationsgeist bei der Sache. Er mochte Verletzungen. Bei anderen, aber auch bei sich selber.

Viel später endete der Abend damit, dass Paul das Licht ausschaltete und danach die Kerzen mit faustweise Bargeld ausschmiss. Dann tranken wir auf dem Rasen Sekt im Liegen. Das mochte er gerne. Die Sonne ging auf, um uns zu belästigen. Paul nahm kein Geld von uns, wir gefielen ihm, vielleicht erinnerten ihn unsere Wildheit und unser Trotz an irgendetwas. Ich bekam ein anderes Bild von den Erwachsenen. So konnten sie also auch sein. Vielleicht waren Erwachsene so eine Art Doctor Jekyll und Mister Hyde, tagsüber brave Lehrer und nachts rollende Bierfässer. War das so? Machten meine Eltern das auch? Ich hatte sie noch nie dabei erwischt.

Von nun an gingen wir immer öfter auf den Sachsenstein, und langsam, aber sicher löste er Meier's ab. Das sollte zwar Jahre dauern, aber an diesem Punkt begann es.

Paul wurde zu einer Art Herbergsvater für die durchgedrehtesten Kids der Gegend und wir zu seinen treuen Jüngern. Er war der Nachtvater. Oft gingen wir von Schmalenstedt aus zu

Fuß durch den Wald zu ihm, jedes Mal acht Kilometer weit. Wir schleppten eine Palette Bier mit uns und hielten am grundlosen See an einer Lichtung im Wald, um dort unseren Durst zu löschen. Wir hielten eigentlich dauernd, um unseren Durst zu löschen. Auf dem Sachsenstein angelangt, gaben wir Paul den Rest der Palette, und er stellte sie für uns kalt. Im Laden durften wir nur sein Bier trinken, aber zum Abschied gab er uns unsere Vorräte zurück, und so hatten wir Wegzehrung für den Heimmarsch, den wir antraten, wenn es hell wurde.

Freiwillige Isolationshaft

1983 fing ich meine Töpferlehre an. Am zweiten Mai, in Stelling hinter der Kirche, in einer kleinen, heißen Töpferei. Ich fuhr morgens um sieben, nachdem meine Mutter ihren ewigen, zähen Weckkampf gegen mich gewonnen hatte, mit dem proppenvollen Bus von Schmalenstedt nach Saale. Das dauerte eine halbe Stunde. Der Bus duftete immer nach frisch gewaschenen jungen Leuten, die zur Lehre oder zur Berufsschule fuhren. Oft mussten wir dicht gedrängt stehen, weil wir so viele waren. Ich war der einzige Antikörper im ganzen Wagen, denn ich wusch mich selten und frisierte meine Haare morgens mit Bier. Eine Flasche reichte meist für etwa eine Woche, mit ein paar Handgriffen kriegte man so die Haare schön stachelig. Aber sie rochen dadurch ziemlich abgestanden und muffig. Ich stank immer nach Bier, obwohl ich stocknüchtern war. Ich war sozusagen Haaralkoholiker. Der Gestank war ein Schutzschild. Die anderen schwiegen und drehten sich weg. Ich fühlte mich einzigartig und auf ehrenvolle Weise ausgeschlossen.

Den Weg von zu Hause zum Bus und vom Bus zur Töpferei legte ich mit einem kleinen, billigen blauen Plastikskateboard zurück, was mich zu der Annahme verleitete, dass ich Skatepunk sei, wie die Ami-Skater, von denen ich gehört hatte. Obwohl ich mich darauf eigentlich nur wie auf einem Tretroller bewegte. Ich konnte keine Tricks, ich konnte eben einfach nur vorankommen. Ich war vielleicht eher Rollerpunk. Der Weg von unserem Haus zur Bushaltestelle führte einen steilen Berg hinab. Jeden Morgen raste ich die raue Teerstraße herunter und hoffte, dass mir kein Kiesel im Weg liegen würde. Aber einmal ist immer das erste Mal. Am Fuß des Berges, am Punkt der höchsten Geschwindigkeit blieb mein Skateboard eines Morgens einfach abrupt stehen. Vor den Augen verdutzter Anwohner flog ich mehrere Meter an ihren Wohnzimmerfenstern vorbei und bremste meinen Flug schließlich widerwillig mit der Nase auf dem Asphalt. Dann stand ich schnell auf und tat so, als wenn das Ganze eine von mir beabsichtigte Übung gewesen wäre. Ich machte auf normal, stieg sofort wieder cool auf das Board und rollerte wie selbstverständlich weiter. Meine Nase war dick und rot vor Blut und sah aus wie ein Papageienschnabel.

Von acht bis halb zehn döste ich jeden Morgen in der Hitze des Brennofens vor mich hin, ich war oft so müde. Dann begann ich mit hektischen Aktivitäten, denn ungefähr gegen zehn kam meistens die Chefin. Sie war eine kleine, agile Frau mit einer harten Schale und einem guten Herzen. Ihr Mann nannte sie Drops. Wir redeten nie sehr viel, aber jeder von uns spürte die Verlorenheit des anderen. Sie hatte sich zur Meisterin ausbilden lassen und wollte nun mit mir ihren einzigen Lehrling ausbilden, denn sie hatte Gicht in den Händen und wusste, dass sie diesen Beruf nicht mehr lange ausüben konnte. Ich sollte der triumphale Schlussakkord ihrer Karriere sein.

Sie kam in die Werkstatt, brachte ihren Hund, den Riesenschnauzer Rasmus, vorbei, braute sich einen vor Stärke zähflüssigen Kaffee und zeigte mir dann ein paar Handgriffe aus dem Lehrbuch. Wie ich den Ton durchzuschlagen hätte, wie ich die Drehscheibe vorbereiten müsste, wie ich den Ton drehen sollte. Sie machte vor, ich machte nach, ich machte vor, sie verbesserte mich. So ungefähr eine oder zwei Stunden, dann ging sie wieder und ließ mich allein in meinem Jugendknast. Auf der einen Seite gefiel mir ihr Verschwinden, so konnte ich machen, was ich wollte, auf der anderen Seite war ich einsam.

Wenn sie ging, vollführte mein Körper die gerade ausgeübten Bewegungen weiter, wie eine ausschwingende Feder. Ich wurde langsamer, bis meine Aktivität zum Stillstand kam. Eine Starre begann mich zu umklammern, die manchmal stundenlang anhielt. Ich saß an der Töpferscheibe, starrte erschöpft auf den in der Fertigung befindlichen Gegenstand, der nass in meinen Händen rotierte, nahm den Fuß vom Gaspedal und trat in die absolute Bewegungslosigkeit ein. Die Lehre, die totale Leere. Quälendes Nichts. Kraftlosigkeit, Ohnmacht, Sehnsucht, Hass, all das vermischt zu einem rauschenden Weiß der Gefühle. Der Wunsch, zu strahlen, so viel mehr zu strahlen, als es dieser kleine Ort zulassen würde. Zu explodieren mit all der in mir gefesselten Kraft. Zu beweisen, dass meine Vision die richtige war, dass ich keine andere gebraucht hätte. Auch nicht diesen Ort, den ich meiner Mutter zuliebe besuchte. Diesen Ort, der ein Zugeständnis war, an sie und an eine Welt der Erwachsenen, an Pläne von Fremden, an Bewegungen, an denen ich nicht beteiligt war. Ich war nicht beteiligt an dieser Lehre, ich ließ meinen Körper unsere Anwesenheitspflicht erfüllen, aber innerlich war ich weit weg. Das waren Knastgefühle. Ich fühlte mich eingesperrt, für mich war das Isolationshaft. Einmal am Tag kam die Wärterin und brachte Futter, den Rest machte ich mit mir selber aus.

Um der Starre zu entkommen, musste ich oft all meine Kraft konzentrieren. Ich ballte den Hass in meinen Fäusten und ließ diese befreiend auf alles niederfahren, was vor mir auf der Scheibe oder neben mir auf dem Trockenbrett stand, manchmal die Produktion des ganzen Vormittags. Der Scherbenhaufen erlöste mich, ich konnte aufstehen, mich wieder bewegen, in den Garten gehen, mich ablenken.

Ich war dementsprechend relativ unproduktiv, denn entweder hatte ich die Starre, oder ich zerstörte das wenige, das mir gelang.

Mein einziger Gefährte war Rasmus, der Riesenschnauzer, ein großer, lieber, dummer Hund, der diese drei Jahre den ganzen Tag auf dem Fußboden lag und sehnsüchtig auf Kunden wartete, aber jedes Mal einen unglaublichen Lärm veranstaltete, sobald wirklich jemand die Ladentür anfasste. Dann schrie ich wiederum den Hund zusammen, während der Kunde vor lauter Gebrüll schon wieder auf dem Weg nach draußen war.

Manchmal spielte ich Spiele mit Rasmus, z. B. Verstecken. Dazu band ich ihm ein Geschirrhandtuch vor sein Hundegesicht, versteckte mich und rief ihn dann. Das war sehr lustig, weil er immer gegen alle möglichen Hindernisse lief. Ich stellte mich beispielsweise hinter die Tür und rief ihn. Dann rannte er gegen die Tür. Darüber musste ich sehr lachen. Nachmittags nahm ich ihn und ging mit ihm spazieren. Ich mochte ihn.

Der einzige Kontakt zur Welt während meines einsamen Arbeitstages war das Radio. NDR 1 und NDR 2, Private gab es damals zum Glück noch nicht. Aber die Öffentlich-Rechtlichen waren knarzlangweilig. Trotzdem mochte ich Ruth Rockenschaub, Gitti Gülden, Werner Fink und wie sie alle hießen, sie verbreiteten so etwas Gemütliches, Langweiliges, Gesundes. In dieser Zeit entwickelte ich eine meiner Grundtechniken, Musik wahrzunehmen. In der «Schachnovelle» von Stefan Zweig sitzt der Protagonist jahrelang in einer Einzelzelle im Gefängnis. In der Stille der Isolation beginnt er mit kleinen Teigfiguren auf seiner karierten Bettdecke Schach zu spielen. Nach einiger Zeit braucht er die Figuren nicht mehr, er spielt Schach im Kopf und wird so nach Jahren zum besten Schachspieler der Welt. Er kann nicht mehr aufhören, im Kopf zu spielen. Die Leidenschaft ist zum Automatismus geworden.

Wenn ich in meiner Zelle saß und meine Hände langweilige Vasen formen sollten, scannte mein Geist wie ein sehnsüchtiger Radar die Welt ab. Meine Augen konnten ihm nichts Sättigendes bieten, denn sie starrten den ganzen Tag auf die Rückseite der Stellinger Kirche oder in ein paar doofe Touristenaugen, die mich hohl durch die Butzenscheiben musterten.

«Oh, guckt mal, ein echter Töpfer bei der Arbeit.» Kotz. Was war für mich brauchbar, wie konnte ich fliehen und strahlen? Der NDR war alles, was mich erreichte. Das Programm war ziemlich schlecht, alle möglichen Schlager, der übliche Elton-John-Poprock. Ich hörte irgendwann auf, die Musik an sich zu beurteilen, sondern fing an, sie im Kopf auseinander zu nehmen, bis ich etwas Gutes darin fand. Schicht für Schicht schälte ich die schmierige Oberfläche ab, um zu einem interessanten Strang im Inneren zu gelangen. Das konnte alles sein: ein sonderbarer Basslauf, der Sound einer Snare in einem langweiligen Tony-Marshall-Song, ein Atmer am Ende eines Refrains, Glöckchen, die fast unhörbar über der Musik schwebten, unsauberes Klatschen, eigenartige Streicherfiguren, irgendetwas Gutes war immer dabei, etwas, das mich mitnahm. Seitdem gibt es für mich eigentlich keine schlechte Musik mehr, ich finde immer etwas darin, außer vielleicht bei Céline Dion. Fast automatisch fange ich seitdem an, die Stücke, die ich höre, zu sezieren, mich auf einzelne Sounds oder Frequenzen zu konzentrieren, um etwas Geheimes zu finden. Da liegt so viel aus dem Leben von Menschen rum. In jedem Beatles-Song sind drei Minuten der wirklichen Lebenszeit der Beatles, ihrer Körper, ihrer Stimmen und ihres Atmens enthalten, sie sind wirklich da, sie leben in diesem Moment für immer in dieser Aufnahme. Und je weiter ich reinhöre, desto mehr erfahre ich über sie und all die anderen. Ich könnte eine Ausstellung machen mit all den aufgeschlitzten Songkörpern, um die Menschen ihr Inneres verstehen zu lassen, und ich könnte sie «Notenwelten» nennen oder «Songwelten», oder so. Aber warum sollte ich so was Bescheuertes tun?

Mein Fenster in die Welt, mein Draht zum Zentrum war allerdings «Musik für junge Leute». Ich glaube, es kam um halb zwei und ging bis drei, so ungefähr. Das war die schönste Stunde am Tag für mich, dort lief alles, was mich interessierte, ich blühte auf, während ich mit Tabak und Blättchen vor dem tonbeschmierten Radiorecorder saß und mitschnitt. Paul Baskerville war mein Lieblingsmoderator, ich fand fast alles, was er spielte, gut (unter anderem: Joe Strummer, Toy Dolls, Lords of the New Church, the Godfathers, The Alarm, New Model Army, The Pogues). Ich las Sounds und Spex, Baskerville war aber oft noch etwas schneller, da er nicht monatsgebunden kam. Der

Klang der MfjL-Moderatoren gab mir ein inneres Zuhause-Gefühl, ich liebte ihre Stimmen, sie waren der Beweis dafür, dass ich nicht alleine war, dass meine Anstrengung, anders zu sein, nicht bloße Psychose war, sondern dass es sich lohnte, für eine dissidentische Weltsicht zu leiden.

Angeregt von der Sendung setzte ich mich hin und bastelte an einem eigenen Fanzine. So nannte man damals die selbst gebastelten und kopierten Hefte von Punks für Punks. Ich hatte davon aus Hamburg gehört und bei David mal welche gesehen. Seitdem hatte ich den Wunsch, ein eigenes rauszubringen, meine eigene kleine Zeitung. Baskerville hatte in MfjL von einer englischen Band namens «Blue Bells» erzählt, deren Sänger vormals ein eigenes Fanzine gehabt hatte, in dem er aus lauter Faulheit ständig von erlogenen Bands berichtete. Diese Berichte waren allerdings wundervoll geschrieben, und einer der schönsten war der Artikel über die imaginären «Blue Bells». Ein Freund drängte ihn, diese tolle Band endlich zu gründen, und das tat er dann auch. Sie waren sehr erfolgreich und hatten mit «Young at Heart» einen Nummer-1-Hit in England. Mich überzeugte die Idee der erlogenen Konzert- und Plattenkritik aus verschiedenen Gründen:

1. Ich hatte keine Ahnung.
2. Ich kam sowieso so gut wie nie auf Konzerte.
3. Keiner konnte im Fall einer erfundenen Band das Gegenteil beweisen – ich war der Typ mit dem Tipp.

Ich schrieb also die eine Hälfte meiner Artikel aus anderen Zeitungen ab, und die andere Hälfte erfand ich. Dabei berichtete ich von Bands mit so bescheuerten Namen wie «Die Giftzwerge», die ich in Neumünster gesehen haben wollte und die ich sehr schlecht fand. Ich konnte sie an dieser Stelle definitiv nicht weiterempfehlen. Ich schrieb über eine exquisite, sehr seltene neuseeländische Punk-LP von einer Band namens «The Shitlers», Titel der Platte: «Greatest Shits». Es lohne sich aber nicht, danach zu suchen, man könne sie hier sowieso nicht bekommen, ich hätte sie über einen geheimen Importweg teuer erstanden. Und lauter so Blödsinn. Ich schnitt Bilder aus allen möglichen Zeitungen, bevorzugt aber aus medizinischen Fachjournalen aus und designte daraus mein Heft. Am wichtigsten war natürlich der Name. Ich überlegte sehr lange, und schließlich war ich mir sicher, dass das Heft «Bitte ein Pissscheiße» heißen sollte. Die für mich faszinierende Idee dabei war, dass die Käufer im Zeitschriftenladen statt «Bitte einen ‹Stern›» «Bitte ein ‹Bitte ein Pissscheiße›» hätten verlangen müssen. Dass kein normaler Zeitschriftenkonsument von meinem Fanzine wusste, geschweige denn danach verlangen würde, ignorierte ich geflissentlich. Als das erste Musterstück nach zwei Wochen fertig vor mir lag, war ich unglaublich stolz. Mein erstes wirklich eigenes Werk. Ein rundes Produkt mit durchaus ansprechendem Äußeren und informativem Inhalt, zwar nur schwarzweiß und DIN A5, aber immerhin zwanzig Seiten dick. Ich kopierte es dreißigmal, und mit jeder kopierten Seite wuchsen meine Glücksgefühle. Die Idee von Reproduktion fuhr in mich und blieb für immer in mir stecken. Ein Einzelexemplar zu vervielfältigen bedeutete, dieses zum einen aus dem Status des Luxusgutes Unikat in ein für den Käufer erschwingliches Replikat zu verwandeln, zum anderen, es durch die Vervielfältigung auf ein seriöses Niveau zu heben. Wenn davon dreißig Stück existierten, musste es ja wohl etwas Ordentliches sein. Das war jetzt kein Gag mehr, da hatte jemand etwas Fassbares geleistet, es gab ja schließlich immerhin dreißig Stück davon. Am Freitagabend fuhr ich mit meiner gesamten Erstauflage zum Sachsenstein. Ich hatte etwas vorzuweisen. Ich hatte etwas ganz Neues dabei. Stolz packte ich die Hefte auf den Tresen. Die Hälfte verkaufte ich für eine Mark pro Stück an Punks und bärtige Lehrertypen, die andere Hälfte endete nach zwei Stunden, einigen Getränken und einer wischenden Armbewegung in der Bierschlacke vor dem Tresen.

Aber ein Exemplar besitze ich heute noch: mein erstes selbst produziertes Kunstwerk.

Stars

Manchmal lief im Radio Musik, die mir wirklich gefiel. Von den Mainstream-Stars mochte ich Bowie, Madness, ABC und Prince. Bowie wurde ständig gespielt. «Lets Dance» und «China Girl». Bowie war für mich auch eine Art Punk. Punk war für mich alles, was gut und anders war. Dann hieß es plötzlich, Bowie würde in Bad Segeberg spielen. Die «Glass Spiders Tour». Wir waren alle sehr aufgeregt und freuten uns auf dieses Spitzenereignis der Poprock-Openairsaison. Wenn ich hinter meiner Töpferscheibe auf die Kirchenmauer starrte und Radio hörte, dachte ich oft an Bowie oder Annie Lennox. Wie sich ihnen die Welt präsentierte und wie sie sich mir darbot. Und dass zu diesem toten Winkel hinter der Kirche nie jemand kommen würde, dass die Wahrscheinlichkeit eins zu einer Million stand, dass Iggy Pop zufällig eines Nachmittags an meiner Töpferei vorbeilaufen und nach einem Blick auf mich interessiert hereinschauen würde, auf einen kleinen Plausch über Popmusik oder Tonwiederaufbereitung.

Eines Nachmittags, so um drei, ging die Tür der Töpferei, die Glocke klingelte, ich war gerade im Nebenraum. Ich kam nach vorne, um den Kunden zu begrüßen. Vor mir stand David Bowie. Er sah ganz anders aus, als ich ihn mir vorgestellt hatte, klein, etwas ausgehungert und mit einem sonderbar leeren Gesicht. Er trug einen Trenchcoat, Stiefeletten und eine Ray-Ban-Sonnenbrille in den Haaren. Erst schaute er in die Regale, sah sich unsere Töpferwaren an, dann stellte er sich vor die Töpferscheibe. Ich war ganz leise, wollte nicht aufdringlich wirken und den scheuen Superstar vertreiben. Das konnte doch nicht wahr sein. Woher wusste er, dass ich mich über einen Besuch von ihm freuen würde? Und was wollte er in Stelling in einer Töpferei? Wo waren seine Bodyguards? Was bedeutete das alles? Er schaute mich an und bat mich mit englischem Akzent, etwas für ihn zu töpfern. Ich setzte mich wortlos vor ihn hin und begann, einen Klumpen Ton auf der Scheibe zu zentrieren. Aus meinen Händen wuchs eine Vase, ich ließ sie steigen, gab ihr Form, sie wurde immer größer. Die Vase dehnte sich aus, wurde kraft meiner Arme zu etwas Ungebändigtem, Bowie tat einen Schritt zurück und leckte sich hungrig die Lippen. Ich ließ die Vase in den Raum wachsen, das Material hatte unendliche Kapazitäten, Ton umschloss uns, überall Ton, Musik aus stummer Erde. Bowie ließ sich umschlingen und ich mich ebenfalls. Der Ton presste uns zusammen und vergrub uns in sich.

Ich bin mir im Nachhinein unsicher, ob diese Erinnerung der Realität entspricht oder ob sie einem Traumbild entsprungen ist. Es ist schon so lange her.

Wenn «Musik für junge Leute» vorbei war, hatte ich wieder etwas Kraft und arbeitete ein bisschen, um wenigstens ein minimales Ergebnis vorweisen zu können. Die Chefin war zufrieden mit mir. Sie hielt mich für faul, war aber selbst kein Engel, irgendwie verstand sie mich.

Um sechs fuhr ich mit dem um diese Zeit leeren Bus zurück nach Schmalenstedt. Kurz vor dem Ortseingang an einer Kreuzung stieg ich aus und ging die paar hundert Meter zu unserem Haus hinauf. Zu diesem Zeitpunkt waren meine Energien erneut auf einem Tiefpunkt angelangt, und wenn ich die Haustür öffnete, fror ich wieder ein. Meine Mutter begrüßte mich froh. Sie fragte mich jedes Mal, wie es auf der Arbeit gewesen sei. Ich schwieg sie stumpf an und brachte vielleicht drei muffige Worte heraus, während ich ihr Essen in mich hineinschlang, um mich danach möglichst schnell in mein Zimmer verdrücken zu können. Ich war wie der sprichwörtliche Alte, der von der Maloche nach Hause kommt. Ich glaube, ich wollte sie bestrafen. Dafür, dass ich ihren Plan leben musste. Und was sollte ich ihr berichten aus ihrem Plan? Sollte sie ihn doch selber erleben. Ich war damals sehr ungerecht, aber ich konnte die Befürchtungen meiner Mutter einfach nicht verstehen, ihre Sorgen nicht ertragen, ihre Liebe nicht erwidern. Ich machte sie für alles verantwortlich, dafür, dass ich so früh aufstehen musste, dafür, dass ich den ganzen Tag einsam war, dafür, dass ich mir im Sommer keinen Urlaub nehmen durfte, für den Käfig meines Lebens. Sie konnte mich nicht verstehen. Ich sie auch nicht. Es tut mir Leid.

Ich bekam im ersten Lehrjahr monatlich einhundert D-Mark Lohn, im zweiten zweihundert und im dritten fünfzehntausend, eine etwas sonderbare Steigerung, wie ich jetzt im Nachhinein empfinde.

Mit meinem allerersten selbst verdienten Lohn ging ich am ersten Juni an einem Freitagabend auf den Sachsenstein. Ich war stolz wie Bolle. Es war ein warmer Sommerabend, und ich setzte mich auf die Terrasse vor dem Turm, um mir ein Guinness zu bestellen. Menschen kamen den Feldweg hoch, um die Aussicht zu genießen, es war noch hell. Am Tisch neben mir saßen die tollsten Hippiemädchen aus der ganzen Gegend: Jennifer, Lara und Sybill. Ich kannte sie schon lange vom Sehen her, hatte aber noch nie gewagt, sie anzusprechen, da sie bereits etwas älter waren und uns jungen Punks irgendwie unberührbar schienen. Besonders Jennifer, sie sah so gut aus, und wenn ich sie in ihrem getigerten Bikini und mit ihrem langen, braunen, gewellten Haar am Strand sah, blieb mir fast das Herz stehen. Ich beneidete sie um sich selbst. Nie hätte ich geglaubt, bei ihr eine Chance zu haben, vor allem, weil sie auch noch mit dem coolsten Hippietypen von Big Bobel zusammen war. Aber nach einem Humpen Guinness nahm ich all meinen Mut zusammen und ging an ihren Tisch. Ich fragte, ob ich sie zu etwas einladen dürfe, und sie sagten freudig zu. Die drei waren offen, entgegen meiner Erwartung überhaupt nicht arrogant und sehr lustig. Eigentlich sahen sie gar nicht wie Hippiemädchen aus, wir Punks hatten sie nur unter diesem Segment verbucht, weil sie mit einigen älteren Hippiepunktypen rumhingen. Jennifer hatte etwas sehr Unbestechliches an sich, sie meinte es ernst mit der Welt. Aber ihr gefiel das Hallodrihafte an mir. Ich ließ all mein Geld und meinen ganzen Charme wirken, redete mit ihr über alles Mögliche, brachte sie zum Lachen, umgarnte sie, und um Mitternacht machte ich ihr einen Heiratsantrag am Tresen, vor Paul Mascher. Das war natürlich nur ein Schachzug, um mein wahres Ziel zu kaschieren und dabei trotzdem voranzutreiben, nämlich sie endlich küssen zu dürfen. Paul gefiel der Heiratsantrag, er fachte das Feuer mit vollen Kräften an, gab uns Sambuca zu trinken und brüllte immer wieder durch den Laden, wir seien nun ein Hochzeitspaar. Jennifer gefiel das; sie und ihr Freund hatten sich nämlich vor kurzem getrennt, und sie suchte Ablenkung. Ich war sehr stolz, dort mit ihr zu stehen, ließ es mir aber nicht anmerken, sondern tat im Gegenteil so, als wenn das nichts Besonderes in meinem Punkplayboyalltag wäre. Meine Freunde beneideten mich.

Später in dieser Nacht standen Jennifer und ich draußen auf dem Rasen zwischen den Bäumen, im Schatten des Turms unter den nördlichen Sternen, und wir küssten uns. Es war der bis dahin aufregendste Kuss meines Lebens. Über uns schien der Vollmond, den ich so liebte, der mich immer ganz verrückt machte. Sie war die erste Frau, von der ich wirklich etwas wollte. Sie war so lässig, so selbstbewusst, so reif, so schön und klar. Später fuhren wir mit dem Taxi nach Schmalenstedt und gingen getrennt nach Hause.

Die nächsten Tage konnte ich es kaum glauben. Sie stand auf mich! Aber wie sollte ich jetzt weiter vorgehen? Sollte ich mich bei ihr melden? Auf das nächste zufällige Treffen warten? Und was, wenn sie wirklich etwas von mir wollte? Schreck, lass nach. Ich wartete ab. Bis zum nächsten Wochenende auf dem Sachsenstein. Aber sie kam nicht. Ich war enttäuscht. Wieso kam sie nicht, wollte sie etwa doch nichts von mir? Sauerei. Später am Abend fuhren wir zu Meier. Wenn Paul uns rausschmiss, handgreiflich manchmal, mussten wir zu Meier. Und dort traf ich sie wieder. Auf der Tanzfläche, in den tausend Blitzen der Discokugel tanzte sie alleine. Ich stellte mich vor sie hin und sie lächelte. Wir tanzten gemeinsam. Dann redeten wir lange, und meine anfängliche Angst und Unsicherheit wich wieder verliebter Aufregung. Auf einer Bank neben der Tanzfläche unterhielten wir uns so lange, bis wir alle Rückfahrmöglichkeiten nach Hause verpasst hatten, und auf einmal schloss Meier, und wir standen allein auf einem leeren Parkplatz in Behringsdorf an der Ostsee. Also gingen wir die zehn Kilometer bis nach Schmalenstedt zu Fuß zurück. An jeder Bushaltestelle hielten wir an und setzten uns zum Knutschen ins Häuschen. Ich setzte mich auf die Bank und sie sich auf meinen Schoß. Die Sonne stieg im Osten über dem Meer auf, und Dunst lag über dem großen See, dem Schilf, den Wäldern und Flüssen zu unseren Füßen im Tal. Kein Auto fuhr, es war warm, wir brauchten keine Jacken. Die Straße gehörte uns ganz alleine, wir gingen Hand in Hand. Wegen des Küssens brauchten wir sehr lange, bis wir in Schmalenstedt waren. Und dort entschied sie sich, mit mir zu kommen, zu mir nach Hause. Ich freute mich wahnsinnig. Zu Hause ließen wir die Badewanne ein und badeten gemeinsam. Dann gingen wir ins Bett.

Ich sah sie nicht regelmäßig, manchmal trafen wir uns auch mehrere Wochen nicht. Eigentlich war ich noch nicht bereit für die Liebe. Jennifer, meine Traumfrau, war zu früh gekommen. Zwar gingen wir noch öfters von Meier zu Fuß nach Hause, aber ich konnte ihr kein Gefühl von Verbindlichkeit geben. Ich hielt Abstand, und sie erkannte das und ließ mich ziehen. Es war nicht fair von mir, aber ich wusste es nicht besser, wollte mich nicht binden, drei Kinder kriegen, ins Berufsleben einsteigen, ein Haus kaufen, pensioniert werden und sterben. Sie natürlich auch nicht.

Jennifer hing immer zusammen mit Sybill bei Lara rum. Lara hatte eine eigene Wohnung in Schmalenstedt und war die Wildeste der drei. Sie hatte blonde Haare, und ihr schönes Gesicht war von Narben gezeichnet, die sie sich bei einem Autounfall zugezogen hatte. Entstellen konnten sie sie nicht. Sie war trinkfest, sehr lustig und pflegte einen souveränen Umgang mit Entspannungsmitteln. Schließlich probierten wir damals alles aus, nur Heroin war tabu. Piekmeier, Pelle, Fliegevogel, Flo und ich waren oft dort, denn zwischen mir und Jennifer gab es keine Ressentiments.

Komischerweise kamen wir Jungs immer zu Lara nach Hause, sie und die beiden anderen Mädchen hingen nie mit uns am Marktplatz ab. Ich glaube, das wäre ihnen zu piefig gewesen, sie waren, wie gesagt, schon älter und cooler. Bei Lara gab es auch keine musikalischen Geschmacksgrenzen, dort konnten wir ungestraft Howard Jones, Thompson Twins und vor allem und immer wieder Sade hören. Jeden Tag und immer wieder Sade. Ihre Stimme wurde zum Inbegriff meiner Sehnsucht, die erst mit Jenny verbunden war, um dann wieder ohne Ziel zu schweifen. Zwar hörte ich zu Hause Buzzcocks und Der Plan und auf dem Marktplatz The Exploited, aber bei Lara war auch normaler Poprock okay.

Es gab noch ein Mädchen, das mich beeindruckte. Ihr Name war Kirsten Lebowski, sie war etwas jünger als ich und erschien ziemlich unvermittelt, quasi aus dem Nichts auf dem Plan. Sie trug ihre schönen Haare zu einem langen, dicken Zopf gebunden, hatte ein hübsches Gesicht, geschmackvolle Landpopperklamotten und eine weibliche und gleichzeitig sportliche Figur. Sie erinnerte mich immer an das Klischee eines sibirischen Mädchens, in meiner Vorstellung kam sie direkt aus der Taiga. Sie war ziemlich verrückt, und wenn sie etwas getrunken hatte, verdrehte sie allen Typen den Kopf. Bei Meier zog sie mich hinter ein Auto, um mich leidenschaftlich zu küssen, aber keine zehn Minuten später hatte sie den nächsten Typen am Wickel. Sie genoss ihre Anziehungskraft und ging damit ziemlich willkürlich um. Das verdrehte mir den Kopf, und ich verliebte mich in sie. Ich stellte mir vor, wie ich mit ihr auf einem Bärenfell unter dem Sternenhimmel in der Bärenschlucht lag, mit Wein und gebratenen Hähnchenkeulen. Es sollte so großzügig aussehen wie bei den römischen Orgien in Asterix und Obelix. Ich stellte mir vor, wie ich mit ihr in der Transsibirischen Eisenbahn durch die russische Weite fuhr, eingegraben in ihre Röcke, vorbei an eisigen Feldern, auf dem Weg zu einer warmen Datscha. Wir telefonierten täglich und besuchten uns oft. Wenn meine Mutter mich ins Wohnzimmer rief, weil Kirsten am Telefon war, bekam ich feuchte Hände. Sie sollte es sein. Aber der Funke sprang nicht auf sie über. Sie verbrachte Zeit mit mir und genoss unser Zusammensein, aber verliebt in mich war sie nicht. Sie genoss den Zustand des Verehrtwerdens, ohne mir etwas zurückzugeben. Das frustrierte mich zunehmend. Im Winter fuhr ich mit Langlaufskiern zu ihr, in meinen Johnny-Rotten-This-is-not-a-Lovesong-Klamotten. Im Frühjahr brachte ich ihr Wein und Blumen. Sie freute sich und ließ mich darben. Und hinter mir stand Jennifer, die für meine Sehnsucht bereit gewesen wäre. Das unfaire Karussell der Gefühle.

An einem Frühsommerabend ging ich von Kirstens Hof auf dem Land zu Fuß los nach Schmalenstedt. Ich wollte zu Jennifer. Auf dem Weg kehrte ich in einer Fischerkneipe am Barnstedter See ein und trank dort Korn, vielleicht aus Frust, vielleicht aus Lust. Bei Kirsten hatte ich schon ein paar Bier getrunken. Wie üblich hatte sie ganz entspannt meine Sehnsucht an sich abgleiten lassen. Vom See aus trampte ich nach Schmalenstedt. Dort angekommen, ging ich die Umgehungsstraße entlang und überquerte diese dann. Die Abendsonne schien mir ins Gesicht, es war vielleicht acht Uhr.

Ich wachte am nächsten Morgen um sechs in meinem Bett auf. Mein Gesicht fühlte sich geschwollen an, ich konnte kaum etwas sehen, überall hatte ich Schmerzen. Ich stand auf und ging ins Badezimmer, um mich im Spiegel zu betrachten, und bekam einen Mordsschrecken. Mein Gesicht war großflächig grün und blau gefleckt, ein Auge zugeschwollen, der rechte Eckzahn zur Hälfte abgebrochen. Außerdem hatte ich aufgeplatzte Lippen. Ich hob mein Hemd und sah lauter blaue Flecken an meinem Körper. Was war mit mir los, wer hatte das getan? Ich konnte mich an nichts erinnern. Ich wusch mir das

Blut aus den Nasenlöchern, dann ging ich zu meinen Eltern ins Schlafzimmer und weckte sie. Sie erzählten mir, sie seien am Vorabend um elf nach Hause gekommen, und ich hätte bereits in dem demolierten Zustand vor dem Fernseher gesessen. Mein ganzes Gesicht sei voller Blut gewesen. Auf die panische Frage meiner Mutter, was denn mit mir passiert sei, hätte ich geantwortet, alles sei in Ordnung, ich hätte mich nur «an einem rostigen Nagel entzündet». Dann sei ich ins Bett gegangen, als sei nichts gewesen.

Ich kapierte gar nichts. Was war passiert, wo war ich in der Zeit zwischen 20 und 23 Uhr geblieben? Ich rief bei Jennifer an, die stocksauer war, weil ich sie versetzt hatte. Ich war nie bei ihr angekommen. Dann fuhr ich mit meiner Mutter zu der Stelle, an die ich mich zuletzt erinnern konnte, die Straße vor Jennifers Haus, die ich in der Abendsonne überquert hatte. Nirgends waren Spuren zu finden, auch auf dem Bürgersteig und im Graben nicht.

Niemand konnte mir sagen, was mit mir passiert war. Es gab keine Zeugen, Spuren, Erinnerungen. Am unangenehmsten war mir der Gedanke, von irgendjemandem zusammengeschlagen worden zu sein, ohne dass es mir möglich war, ihn jetzt noch zu identifizieren. Er würde mich zu jeder Zeit beobachten können, jeder konnte es sein, ich wusste es nicht. Argwöhnisch betrachtete ich in den kommenden Wochen meine Umwelt. Wann gab sich der Täter zu erkennen, von welcher Seite und unter was für Umständen würde er das nächste Mal angreifen? War es ein Einzelner gewesen, oder musste ich mich vor der Bürgerwehr fürchten? Oder hatte mich vielleicht ein Auto frontal erwischt? Ich habe nie herausbekommen, was an jenem Abend passiert ist, aber auch Jahre später überfiel mich manchmal die angstvolle Ahnung, dass das Schlechte in meinem Leben aus ebendiesem Loch gekrochen ist.

In Schmalenstedt wohnten relativ viele eher wohlhabende Leute, es gab kein Elend, wenig Armut, den Leuten ging es gut. Trotzdem hatte natürlich auch unsere Stadt ihr Mini-Ghetto, einige Hochhäuser im Süden, in denen deutlich mehr Alkohol verarbeitet wurde, bei deutlich geringeren Mieten als im Rest der Stadt. Von hier kamen einige der härtesten Mitglieder unserer Gang. Unter anderem Heffer und Honk, von denen weiter oben schon die Rede war, als es um den gezuckerten Konsum ausgesuchter Spitzenweine ging. Honk kam aus sehr einfachen Verhältnissen, er hatte zu Hause oft Prügel bezogen und entwickelte sich mit fünfzehn zu einem außergewöhnlichen Schlägertalent. Er war klein und dünn und nicht gerade kräftig, aber Mut hatte er. Eines Tages erzählte er mir auf dem Marktplatz, wie sein Vater ihn mal wieder habe schlagen wollen. Er habe den Alten gewarnt, und als der nicht aufhörte, habe er ihn rückwärts durch die gläserne Wohnzimmertür geprügelt. Von da an ließ sich Honk von niemandem mehr etwas sagen. Er war eine Gestalt aus «Nordsee ist Mordsee», aus «Rocker», er war ein echter Prollpunk, ein Acer, ein unberechenbarer Irrer. Ich verstand mich gut mit ihm, und wir fuhren oft nachts mit unseren unangemeldeten und frisierten Mofas zu Meier. Von Bushaltestelle zu Bushaltestelle, damit die Bullen uns nicht erwischten. Bei Meier wartete Honk manchmal förmlich auf die Gelegenheit, endlich zuschlagen zu dürfen. Eines Abends stand ich vor der Eingangstür von Meier. Ich beobachtete versunken die Hundertschaften von Mücken, die aufgedreht in der Luft um das leuchtende Eingangsschild tanzten. Hier war nicht nur Menschentreff, sondern auch eine der angesagtesten Mückendiscos von Schleswig-Holstein. Immer mal wieder zündelte ein Bauer mit einem aufgedrehten Gasfeuerzeug ein Loch in ihre Population, ein schrecklicher Disco-Brand, zugefügt von den sonderbaren Göttern mit Oberlippenbärten und in Wrangler-Jeans.

Plötzlich kam Honk herausgetänzelt und sang mir zu: «Gleich geht's los, gleich geht's los.» Er schien in freudiger Erwartung, schlüpfte eilig aus seiner Lederjacke und bat mich, sie zu halten. Die Tür ging erneut auf, und ein Typ stürmte heraus, deutlich größer und stärker als Honk, mit stierem Blick und groben Fäusten. Honk drehte sich zu ihm um und nutzte den Schwung dieser Drehung für einen ersten und finalen Schlag, der den Bauern derart heftig mit dem Hinterkopf an die Wand klatschte, dass er sofort ohnmächtig zu Boden sank. Entspannt und siegesbewusst zog Honk seine Lederjacke wieder an und ging tanzen. Sein Erfolgsrezept bestand aus der Kombination von totaler Angstlosigkeit und dem unbedingten Willen zur Gewalt. Er war der Kleinste, Schwächste unter uns, aber an ihn traute sich niemand heran.

Eines Tages erzählte er mir, er habe nur einen Lebenstraum: Er wolle gerne einmal zum Grab von Bruce Lee nach Hongkong trampen. Und das tat er dann eines Tages auch. Er stellte sich in Schmalenstedt an die Umgehungsstraße und trampte los. Nach einer halben Stunde wurde er mitgenommen, die zwanzig Kilometer bis nach Saale. Dort versuchte er weiterzukommen, aber niemand nahm ihn mit. Er stand zwei geschlagene Stunden. Dann stellte er sich auf die andere Straßenseite, Daumen hoch, er wurde sofort mitgenommen, kaufte sich, glücklich zurück in Schmalenstedt, bei Käthe eine Kiste Bier und trank die zu Hause zügig aus. Es wurde ein schöner Abend. Das war's mit Hongkong.

Kann man ja auch mal machen.

Wenn er eine seiner Meinung nach spektakuläre Geschichte erzählte, zog er sich jedes Mal bei den besten Stellen ein unsichtbares Rollo von der Stirn über die Augen, mit beispielsweise folgenden Worten:

«... Rolo Aller, der Typ kommt an, ich zieh ihm 'n Ding, dass er Buchstaben spuckt, und denn gibt er mir auch noch 50 Mark, ich: Hä? Rolo Aller! Rolo!» Immer wieder wurde das imaginäre Rollo gezogen. Das sah sehr gut aus.

Jahre später sollte daraus die Grundidee für einen Film werden, der heute in Hamburg Weltstatus erreicht hat. Er heißt «Rolo Aller», und ich spiele darin mit.

Der Guru aller Säufer war Pierre Bollwinkel. Er war für uns Punks eine legendäre Gestalt. An der Tür seiner Wohnung stand auf einem Messingschild:

«Pierre Bollwinkel. Dipl. Ingenieur»

Das ist er wohl nie gewesen. Pierre war ein kleiner dunkelhaariger Typ mit einem unordentlichen Moustache, krummem Rücken und einem zahnlosen Grinsen. Solange ich ihn kannte, sah er aus wie sechzig. Sein Paarungsdrang war immens, und er zeugte unaufhörlich Nachkommen, die in der Stadt die «Eulen» genannt wurden. Eifrig traten sie, ein paar Jahre später und kaum geschlechtsreif, in seine Fußstapfen. Pierre nahm so gut wie immer Alkohol ein. Alkohol war sein Beruf. Wenn irgendwo Alkohol ungenutzt herumstand, nahm er ihn sofort ein. Lecker Alkohol. Einmal hatte er auf dem Markt in der Telefonzelle mit seiner Frau ein erotisches Stelldichein, genau gesagt, versuchten die beiden, ebendort zu kopulieren. Dabei verlor Pierre irgendwie seine Hose samt dem Haustürschlüssel, sodass er etwas später mit nacktem Arsch und einer Tüte Bier gut gelaunt auf seiner Haustürschwelle saß. Freundlich grüßte er die Vorbeigehenden, stundenlang, bis zwei entnervte Polizisten ihm Einlass verschafften.

Pierre lebte im HOG, im «Haus ohne Gesetze». Das HOG war das härteste Haus am Platz, ein altes, runtergekommenes Gebäude mitten im Zentrum. Dort wohnten er und einige der härtesten Weinbrüder der Gegend, alle pflegten ein entspanntes Verhältnis zu Betäubungsmitteln und Gewalt. Auf dem Schild mit den Hausregeln stand als oberste Regel, dass es keine Regeln gibt. So was beeindruckte uns junge Staatsfeinde natürlich sehr. Eines Tages beschlossen wir, im Wald eine Party zu feiern und als Ehrengast Pierre Bollwinkel einzuladen. Dietrich, Pelle und ich fuhren erst zu Käthe und dann zum «Haus ohne Gesetze». Wir klopften an Pierres Tür, hörten von drinnen aber nur ein undeutliches Gemurmel. Wir klopften erneut und immer wieder. Eine Stimme, offenbar vom Kissen gedämpft, rief matt: «Nein, ich will nicht, ich komm nicht aus dem Bett.» Pierre wollte nicht aufstehen. Seine Tochter kam vorbei, und wir sagten ihr, dass wir ihren Vater zu einer Waldparty mit Bier einladen wollten. Sie hatte einen Schlüssel und ging in die Wohnung, um mit ihm zu reden. Als er begriff, dass es um echtes Bier ging, erwachten seine Lebensgeister, und er ließ seine Tochter ausrichten, er käme gleich. Nach einer weiteren Viertelstunde öffnete sich die Tür, und ein gut gelaunter Pierre Bollwinkel mit zurückgekämmten Haaren stand in alter Hose und zahnloser Frische vor uns, bereit für Liter. Wir fragten, ob er Lust auf unsere Party hätte. Eigentlich antwortete er nicht, er ging einfach mit. Wir setzten ihn in Dietrichs Käfer auf die Rückbank und fuhren los. Alle Versuche, mit Pierre zu kommunizieren, versanken in einem willenlosen, freundlichen Loch. Er hatte mit Worten nicht mehr viel zu tun. Im Wald, am Funkturm, an dem großen Picknicktisch saßen schon diverse Kumpels und begrüßten, als wir ankamen, mit einem großen Hallo unseren Ehrengast. Er wurde an die Oberseite der Tafel gesetzt, und wir kredenzten ihm Bier und Korn, die er freudig zu sich nahm. Alle Versuche zu einer sprachlichen Kontaktaufnahme scheiterten an seinem kryptischen Genuschel. Nach kurzer Zeit wurde die Bank unter ihm nass. Wir mussten uns ein wenig von ihm wegsetzen. Jemand sagte ihm, dass er doch bitte mal auf Klo gehen solle, sprich ans Gebüsch. Das tat er auch artig. Wir halfen ihm auf, er stellte sich an einen Busch und hielt die Hand vor den Hosenschlitz, um loszupinkeln, nur leider ließ er die Hose dabei zu. Mit dem frohen Gefühl, das Richtige zu tun, pisste er sich so richtig voll. Hopfen und Malz waren in Pierre verloren, das begriffen wir jetzt. Zwei Bier später fing er an nach vorne überzukippen, er hatte bereits wieder das starke Bedürfnis zu schlafen. Schließlich luden wir ihn in Dietrichs Käfer, den wir vorher mit Plastiktüten ausgekleidet hatten, und fuhren ihn nach Hause. Er hatte nur fünf Bier getrunken, war aber schon in einem Zustand, dass wir ihn in sein Bett tragen mussten. Unsere Abschiedsworte blieben unerwidert, und wir fuhren zurück in den Wald. Dieser Auftritt unseres Ehrengastes gab uns auf seine wortlose Art zu denken. Wir beschlossen, sofort aufzuhören mit dem Gesaufe, und feierten das wild und ausgiebig mit viel Alkohol.

Wildern

Das meiste Land in unserer Gegend gehört den Grafen. Überall stehen ihre prunkvollen und riesigen Anwesen, Villen, Schlösser in den Wäldern und Auen, an den Seen, an den schönsten Punkten. Um sie herum darf niemand bauen, sie bestimmen, wer in ihrer Nähe leben darf. Sie haben diese wunderschöne Landschaft schon vor Jahrhunderten auf ewig gerecht unter sich verteilt. Wir anderen, die Mehrheit, sind dort nur Zaungäste, zerfressen vom Sozialneid.

In den herrschaftlichen Wäldern gibt es Zuchtgebiete, in denen die Tiere für die Treibjagden der Grafen leben, die ein paar Mal im Jahr abgehalten werden. Dann reist, je nach Jagd, niederer bis feinster Adel an, um sich an dem fürstlichen Vergnügen zu beteiligen. Mit dem Fernrohr habe ich als Kind beobachtet, wie im Dosautal vor unserem Haus so eine Jagd stattfand. Besonders fielen mir die feinen fetten Tanten in edler Waldgarderobe auf, die ihre Schrotflinten wie Gießkannen des Todes benutzten. Da es bei ihrem beträchtlichen Gewicht ohnehin nicht mehr möglich war, sich an die Beute heranzuschleichen, gingen sie einfach zu den Rebhühnern hin, die durch Handfütterung weitestgehend die Scheu vor den Menschen verloren hatten und dumm schauend stehen blieben, und kippten ihr Blei mit ohrenbetäubendem Krach in die Landschaft und auf das ahnungslose Federvieh. Zurück blieb nichts als eine Rauchwolke und eine Art Buletten aus Fleisch, Federn und Schrotkörnern. Da man so etwas nicht essen kann, wurden die Kadaver anschließend weggeschmissen. Ein Trecker fuhr vor, mit zwei Hängern hintendran. Diese wurden nun mit den zerschossenen Hasen und Hühnern gefüllt. Einige Tiere waren noch essbar. Ein paar bekam, in einem Akt der Gnade, der Kindergarten.

Wir Punks sahen gar nicht ein, warum die Grafen ein Privileg auf die Jagd und die Tiere unseres Landes haben sollten. Also brachen wir im Sommer in die abgezäunten Waldgebiete ein, in denen die Rebhühner gehalten wurden, und gingen selbst auf die Jagd.

Einmal waren Piekmeier, Flo und ich am Wochenende zusammen auf Pirsch. Wir hatten eine alte Trapperpfanne dabei und einige Messer, mit denen wir uns Speere schnitzten. Wir trugen Bundeswehrklamotten und sahen wie hinterwäldlerische Militaristenspinner aus. So durchforsteten wir die Gegend, immer darauf bedacht, nicht vom Förster erwischt zu werden. Schon bald stießen wir auf einige Rebhühner. Wir kamen ziemlich nah an sie ran, nah genug, um unsere Speere auf sie zu schleudern. In panischem Gegacker stoben die Vögel auseinander. Ich erwischte eins, aber leider verletzte ich es nur, es war nicht tot. Piekmeier meinte, ich müsste dem Vogel die Gurgel umdrehen. Das versuchte ich auch, aber irgendwie klappte es nicht, und das Huhn in seiner Todesangst riss mir mit seinen Krallen die Handgelenke auf. Dieser ungleiche Kampf dauerte eine Ewigkeit. Schließlich hielt ich das Tier auf den Boden und trat ihm so lange mit dem Stiefel auf den Kopf, bis es tot war. Das war ein Scheißgefühl. Ich hatte noch nie zuvor ein größeres Tier mit meinen eigenen Händen umgebracht, und ich hatte es mir leichter vorgestellt. Das Huhn tat mir Leid, wie es so vor mir lag und den Kampf verloren hatte. Es hatte wirklich gekämpft für sein Leben. Es hatte mir Respekt abgefordert, jetzt habe ich das Recht, es zu essen. So zumindest stellte Ted Nugent sich das vor. Ich malte mir aus, wie es wäre, wenn Kindergesichtmosaikpastete genauso streiterisch für ihr Leben eintreten müsste, eine Armee von clownsgesichtigen Wurstscheiben, die über deutsche Kinder herfallen würde. Damit die auch wüssten, was sie da essen.

Wir versteckten unsere Beute und gingen nach Hause. Abends fuhren wir erneut zum Gehege, holten das Huhn und fuhren zu der Feuerstelle am Funkturm im Wald. Dort rupften wir den Braten, nahmen ihn aus und legten ihn in die Trapperpfanne. Als er durch war und wir anfingen, ihn zu essen, kam es mir so vor, als hätte ich noch nie etwas Besseres gegessen. In dem Moment, mit Sand zwischen den Zähnen und dem ungesalzenen, zähen Fleisch im Mund, war ich stolz.

Gewildert wurde des Öfteren. Meine Eltern waren seit vielen Jahren mit der Familie Langmann befreundet, die aus Kalle und Katharina Langmann und deren Kindern bestand. Sie lebten in einem wunderschönen alten Bauernhaus, mitten in den Rapsfeldern, zu dem eine alte, schnurgerade Allee führte. Dort verbrachte ich viele Sommertage meiner Kindheit, ich fuhr mit meinem Bonanzafahrrad alleine hin, um mich mit Karsten und Barbara zu treffen und mit ihnen durch die Felder zu streunen. Kalle war so etwas wie der Alexis Sorbas unserer Gegend, eine unbremsbare Lebensmaschine, ein slawischer Yeti, alles, was sie brauchten, produzierte er selbst, er nähte seine Kleider, seine Stiefel und Hüte, baute mit Katharina jedes Gemüse und Kraut an, das man verzehren konnte, hielt Tiere und war dazu auch noch Maler und Bildhauer. Obwohl er darauf Wert legte, dass er sein Leben lang Knecht gewesen sei und Katharina Magd, kamen sie mir doch freier vor als fast alle anderen Erwachsenen, die ich kannte. Kalle war mittelgroß, ein richtiger Bulle, er trug stets einen alten blauen Overall und dazu Lederstiefel. Ein großer Schnurrbart zierte sein wildes Gesicht, dem ein paar Zähne fehlten, und einen räuberhaften Unterbiss hatte er auch. Er sah grimmig aus. Wenn er über die Felder ging und dort einen besonders schönen Findling entdeckte, holte er sein Werkzeug und fing an, den Stein zu bearbeiten. Dann blieb nach wochenlanger Arbeit eine nackte steinerne Frau allein auf dem Acker zurück. Wenn mal nicht genug zu essen für die Kinder da war, mussten Kalle und Katharina los, um Essbares zu besorgen. Sie stiegen in die Wildgehege ein. Einmal suchten Kalle und Katharina die ganze Nacht, zu Hause gab es nichts mehr zu beißen, die Vorräte waren aufgebraucht. Schließlich kamen sie zu einer Tränke am Fluss, und dort stand eine Kuh am Wasser. Kalle sah seine letzte Chance darin, die Kuh zu schlachten. Er stellte sich neben sie und schoss ihr mit der Flinte, die er dabeihatte, in den Kopf. Zwar war die Kuh sofort tot, jedoch fiel sie so unglücklich, dass sie Kalle mitriss und ihn unter sich im Fluss begrub. Nur seinen Kopf konnte er noch mit Mühe aus dem kalten Wasser halten. Katharina versuchte mit aller Kraft, die Kuh von Kalle herunterzuziehen, aber es gelang ihr nicht. Es gab nur eine Möglichkeit: Sie musste nach Hause rennen und eine Säge holen, um die Kuh über Kalle zu zerteilen. Und das möglichst schnell, denn zum einen würde er in absehbarer Zeit ertrinken oder an Unterkühlung sterben, zum anderen konnte ein Jäger den Schuss gehört haben. Katharina rannte, so schnell sie konnte, sie hatte Kalle vorher noch einen Stein unter den Kopf gelegt, damit er nicht unter Wasser geriet. Je länger Kalle wartete, desto erschöpfter und müder wurde er unter der Last ihrer Beute, er konnte auch kaum noch Luft bekommen. Schließlich kam Katharina zurück und fing an, die Schwarzbunte über ihm zu zersägen. Das Wasser färbte sich blutrot, während der Fleischberg langsam leichter wurde. Das dauerte seine Zeit, und als Kalle endlich von der Last befreit wurde, war er am Ende seiner Kräfte. Für das Essen der nächsten Wochen war allerdings gesorgt, es gab Kuh.

Mutterkorn

Die Wochen zogen während meiner Lehre zäh durchs Land. Es ist ein sonderbarer Effekt, dass das Tempo des Lebens und der erlebten Zeit mit dem Älterwerden immer mehr zunimmt. Wenn man jung ist, erscheint einem die bevorstehende Zeit wie ein endloser Ozean, besonders wenn die Dinge, die man auf unabsehbare Zeit tun muss, nicht die sind, die man tun will. Drei Jahre Töpfereinsamkeit lagen vor mir. Ich fühlte mich gedemütigt. Aber das ist ja wohl auch der Sinn des Spruchs, der auf einen wie mich gemünzt war: Lehrjahre sind keine Herrenjahre.

Im Sommer durfte ich mir keinen Urlaub nehmen, weil dann ab und zu Touristen hinter unserer Kirche auftauchten, wohingegen im Winter oft schlicht niemand kam. Während meine Freunde also am Strand lagen, saß ich vor dem heißen Ofen. Ich bin jetzt noch neidisch auf all die verpassten Momente.

In der Woche ging ich meist um zwölf ins Bett, nachdem ich den Abend allein in meinem Zimmer verbracht hatte. Auf dem Markt war abends nichts mehr los, ich konnte es mir sparen, dorthin zu gehen. Ich saß vor einem riesigen Schwarzweißfernseher mit drei Programmen und einem Drehschalter, vor meiner dürftigen Plattensammlung, immer wieder «Singles Going Steady» von den Buzzcocks, die Swell Maps mit «Jane from Occupied Europe», Tapes von Killing Joke, Siouxsie und Pere Ubu. Vor Zeichnungen, Büchern, Collagen für mein Fanzine und selbst genähten Hosen. Die Wände hatte ich auf Punkmanier mit Zeitungen tapeziert und den Schrank so vor der Tür aufgestellt, dass niemand hineinschauen konnte. Mein Zimmer stank nach den Ausdünstungen der Jugend. Vor allem nach dreckigen Socken. Und nach unter jugendlichen Achseln vergorener Zeit.

Ab und zu traf ich mich mit ein paar Freunden, um ins Kino zu fahren («Blade Runner» war für mich die Offenbarung) oder mal nach Eutin in Inas Disco. Dort trafen wir dann die Punks aus der Umgebung und tauschten uns mit denen aus. Aber irgendwie entstand nie ein engerer Draht zu den Eutinern und den Kielern, die waren so straight, hatten alle Regeln drauf, hießen Kiki, Pogo, Ratte und Sid und hätten im Leben niemals ABC gehört. Wir waren für sie so was wie sonderbare Kunstpunks oder so, denn wir hielten uns nicht an die strengen Kleidercodes. Wir stanken nach Feuer, trugen zerrissene Gabardinehosen und hörten Tapes, auf denen direkt hinter den Pistols Kajagoogoo kam. Was sollte das denn bitte sehr für eine Mischung sein?

Malte Becker, der jüngere Bruder von David und Flo, arbeitete in Eutin in einer Disco hinterm Tresen. An einem Herbstabend fuhren Fliegevogel, Eisenkopf und ich dorthin, um ihn zu besuchen. Wir tranken ein paar Cola Rum und hingen am Tresen ab. Vom Innenhof aus konnten wir beobachten, wie sich ein Typ auf dem Klo einen runterholte. Das Licht war hinter ihm und warf seine erregte Silhouette auf die Milchglasscheibe des Klofensters, er merkte davon nichts. Als wir Kieselsteine gegen das Fenster warfen, packte er sein Ding erschreckt ein und rannte weg.

Sonst war nicht besonders viel los, und irgendwann langweilten wir uns und beschlossen zurückzufahren. Aber kurz vor der Abfahrt bot mir Eisenkopf noch eine Mikropille an. Ich wusste nicht, was das war, und beäugte sie skeptisch. Die Pille war etwa so groß wie der Kopf einer Stecknadel, und Eisenkopf erklärte, sie bestünde aus feinstem LSD, er würde mir raten, erst mal die Hälfte zu nehmen. Ich hatte schon öfter LSD auf Löschpapier genommen und mich jedes Mal über die lustigen Farbeffekte gefreut, ansonsten hatte ich kaum eine Wirkung verspürt. Ich konnte mir nicht vorstellen, dass mit einer derart geringen Menge überhaupt irgendetwas passieren würde, und schluckte das Miniteil auf dem Weg zum Auto. Die Fahrt zurück war lustig, und Eisenkopf beschloss, bei mir zu pennen. Zu Hause machten wir uns Brote und setzten uns auf mein Bett, um zu reden. Meine Eltern schliefen schon. Langsam, aber sicher begannen die Dinge sich zu verformen, die Farben veränderten sich, und eine schleichende Unruhe zog in mich ein. Wir gingen erneut in die Küche, schon allein, um uns zu bewegen, um nach Ablenkung zu suchen. Die Formen der Möbel, des Kühlschrankes wuchsen, mäanderten. Inzwischen war meine Mutter von unserem Gepolter aufgewacht und kam die Treppe runter, um nach dem Rechten zu sehen. Sie betrat die Küche in Form einer länglichen Röhre mit lila Dreiecken am oberen Rand und der Frisur meiner Mutter. Die Röhre fragte mich, was denn hier los sein, ich müsse doch ins Bett, weil morgen wieder Lehre sei und so weiter, sie war augenscheinlich besorgt. Ich erklärte ihr, da ich sie am Klang ihrer Stimme erkannt hatte, alles sei in Ordnung, wir wollten nur noch etwas spazieren gehen, wir seien noch nicht müde. Jammernd und wabernd verließ sie, mittlerweile mit grünen Streifen überzogen, die Küche durch ein amorphes Loch, das ich normalerweise als Tür zum Flur kannte. Ich packte mir eine Flasche Buttermilch und marschierte mit Eisenkopf raus. Zügig gingen wir Richtung Schmalenstedt und von dort aus auf die Umgehungsstraße nach Hellau. Wir hatten mittlerweile begonnen zu rennen, ich hoffte, dadurch entweder die Effekte loszuwerden oder durch die Anstrengung das Zeug auszuschwitzen. Langsam geriet ich in Panik, ich hatte die Kontrolle verloren, erkannte die Welt nicht wieder. Ich sprang hinter die Fahrbahnabgrenzung und versuchte, mich dahinter vor den Dreiecken und Pfeilen zu verstecken, die über meinen Himmel flogen. Dazu ertönten ziemlich beknackte Discosoundeffekte, wie bei Anita Wards «Ring my Bell». Echt. Ich trank die ganze Flasche Buttermilch auf ex. Eisenkopf war cooler drauf, er schob ja keine Panik, machte aber meine Eskapaden aus Solidarität mit, lag auch in den Rabatten. Irgendwann, nachdem ich eingesehen hatte, dass ich meine Visionen nicht loswerden würde, gingen wir weiter, mitten auf der Umgehungsstraße.

Langsam verschwand das Dunkel der Nacht, und mit dem ersten Licht verlor ich die Fähigkeit, räumlich zu sehen. Die Welt klappte zu einer zweidimensionalen Comicseite in unheimlich schrillen Farben zusammen. Eisenkopf führte mich durch diese Seiten, allein hätte ich keine Orientierung mehr gehabt. Langsam wich die Angst von mir, ich begriff, dass ich keine Möglichkeit hatte zu entkommen, dass ich mich einlassen musste, und es gelang mir langsam und immer besser. Damit begann auch der Spaß. Wir fingen an, uns zu beömmeln über die Farben und Figuren, die wir sahen. Offenbar waren die Bilder, die wir wahrnahmen, identisch, denn unsere Beschreibungen glichen sich. Den Bahnhof in seinen grotesken elefantischen Formen fanden wir zum Kreischen, und die Geranien vor dem Haus meiner ehemaligen Blockflötenlehrerin leuchteten in so schrillen Farben, dass ich sie mein Leben lang nicht vergessen habe und auch heute noch, wenn ich dort vorbeifahre, zu dem Fleck schaue, an dem sie gestanden haben. Schließlich landeten wir am Ortsausgang Richtung Dörp und setzten uns dort in ein Weizenfeld. Ich ging jetzt ganz auf im Rausch und nahm Erde in die Hände, musterte sie verzückt. Die Erde fing an, sich zu bewegen, und wurde zu lebendigen Würmern. Die Sonne am Horizont war in Milliarden Streifen geschnitten, und ich ließ meinen Blick zwischen Sonne und Würmern hin- und herwandern. Es war wunderschön. Ich meinte in diesem Moment die Welt zu begreifen, hörte meine Gedanken wie in einem Rückwärtsecho herannahen, von meinem Punkt in der Mitte aus waren Vergangenheit und Zukunft gleich, zwei Flügel, auf denen ich flog. Alles war fassbar, jede Idee, jede Farbe, alle Geschehnisse der Welt, es gab keine Schwere mehr, es fühlte sich an wie ein glückliches Erkennen, als wenn ich den Horizont durchstoßen hätte, als wenn die Welt doch keine flache Scheibe wäre.

Irgendwann standen wir auf und gingen langsam zurück. Ich hatte eine Uhr und war bereits wieder in der Lage, ihren Sinn und ihre Anwendung zu erkennen. Der Zeiger verriet mir, dass ich bald aufbrechen musste, zur Lehre. Auf dem Rückweg kamen wir an der Bushaltestelle der Sonderschule vorbei. Ein hässlicher, großer, fetter Junge bewegte sich auf sie zu, er sah brutal aus, und ich wusste, dass ich in Zukunft nichts Gutes von ihm zu erwarten hatte. Mit einem bösen Blick schaute er zu uns rüber, und in dem Moment fror die Zeit ein. Immer wieder, wie in einer Endlosschleife, machte er den gleichen Schritt auf den Bus zu und beobachtete mich mit offenem Mund und verfaulten Zähnen. Ich geriet in Panik. Jetzt bist du hängen geblieben, dachte ich. Aber nach ein paar Sekunden verschwand der Bus mit dem bösen Kind, und wir gingen weiter. Zu Hause packte ich in aller Eile meine Sachen, um nicht mit meiner Mutter sprechen zu müssen, und ging mit Eisenkopf zur Bushaltestelle. Er hatte beschlossen, mit zur Töpferei zu kommen, wir wollten den Trip gemeinsam ausklingen lassen. Während der Busfahrt, unter all den normalen, ausgeschlafenen, gewaschenen Jugendlichen, bekam ich mörderische Platzangst. Mein Hals trocknete aus, wir hatten nichts zu trinken dabei und schwitzten wie die Schinken. Meine ganze Coolheit wich in diesem engen Bus von mir und verwandelte sich ins Gegenteil. Wir waren Antikörper, jeder von ihnen konnte es sehen und riechen, und ich konnte durch die glatten Eihäute ihrer Normalität ihre Angst und Abscheu vor uns spüren. In Stelling sprang ich panisch aus dem Bus. Auf dem Fußweg zur Töpferei beruhigte ich mich aber wieder. Der Morgen war warm und strahlend hell, und bald ging es mir besser. In der Töpferei glühte der Ofen, es war sagenhaft heiß. Der drogensatte Schweiß rann uns in Strömen vom Leib, also zogen wir unsere Hemden aus. Wir sahen wild und verwahrlost aus. Nach kurzer Zeit kam die Chefin rein. Sie schaute uns verdutzt an. Wer war denn der andere, warum waren wir halb nackt, stanken und sahen aus, als wenn wir aus dem Stollen kämen? Ich konnte ihr die Fragen, die sie nicht stellte, nicht beantworten, zu sehr war ich mit dem Beobachten der kleinen Achten beschäftigt, die um ihre Nase und ihre Augen schwammen. Die letzten Halluzinationen versickerten in ihrem Gesicht. Schließlich ging sie und ließ uns in unserer Schweißhöhle alleine. Ich schloss die Werkstatt von innen ab, wir legten uns schlafen. Es sollte das letzte Mal sein, dass ich eine Mikropille genommen habe.

Noch mehr Ton: Mehrton

Die meiste Zeit zu Hause brachte ich damit zu, in meinem Zimmer Musik zu hören, Musik zu machen, über Musik zu lesen oder zu schreiben. Musik war der Schlüssel zu meiner Welt. Ich las Sounds und Spex und die Fanzines, die man bei uns bekommen konnte. Oder Bücher aus der Bücherei. Zum Beispiel «Der große Schwindel?» mit lauter Interviews mit Leuten wie Alfred Hilsberg, Klaus Maeck oder einem gewissen Campino von ZK, der als der Max Merkel des Punk beschrieben wurde. Ich beneidete sie alle um ihren Glam, um ihre Möglichkeiten, an der großen Action teilzunehmen, weil sie nicht in einer Kreisstadt hinter einer rotierenden Scheibe Matsch zu Röhren formen mussten.

In meinem Zimmer verwoben sich die unterschiedlichsten Einflüsse zu einem kruden Teppich. Mir gefielen Trio, ihre Idee von Minimalismus, und ich besorgte mir das kleine Casio-Keyboard, das sie für den Sound von DaDaDa benutzten. Jetzt konnte ich überall Musik machen, mir jederzeit Ideen merken, ich schleppte das Ding wie ein musikalisches Diktaphon mit mir herum.

Ich liebte Buzzcocks für ihre grandiosen Melodien und hörte mir «Everbody's Happy Nowadays» so oft an, bis ich die Akkorde raushatte und begriff, wie Pete Shelley komponierte. Das Geheimnis hieß Dur/Moll-Wechsel bei gleichbleibender Tonart.

Aber ich stand auch auf Prince. Erst wehrte ich mich dagegen, so einen Mainstream-Hype mitzumachen, aber nachdem ich im Fernsehen eine Liveshow von ihm gesehen hatte, konnte ich mich gegen die Kraft, die von ihm ausging, nicht wehren. Ich hatte eine billige nachgebaute Stratocaster-E-Gitarre und zersägte sie, damit sie so extravagant aussah wie das Schnörkelteil von Prince. Am Ende glich sie eher einem Kindermaschinengewehr aus Holz, aus dem verstimmte Töne kamen. Ich malte sie weiß an und klebte ein Peacezeichen drauf. Die Töne leitete ich via Kabel zu meiner alten Stereoanlage. Da ich genauso spielte, wie die Gitarre klang, passten wir hervorragend zusammen. Um aus meiner Schwäche eine Tugend zu machen, kultivierte ich den Trashsound und tat so, als wäre er beabsichtigt. Ich fühlte mich nick-cavig. Nick-cavig zu sein war cool. Die Zeit der Bandproben war vorbei, wir fanden nicht mehr zusammen, und die Amigos existierten nur sporadisch, da wir so gut wie nie probten. Es gehört aber zum Musizieren dazu, Musik zu machen. Ich wollte so gerne Musik machen, ich hätte ein Königreich für eine Mehrspurmaschine gegeben. Mein Gott, nur vier Spuren, und meine Welt wäre eine andere, nur vier Spuren! Aber für Kids wie mich war eine derartige Maschine unerschwinglich.

Schließlich beschloss ich, mir von meinem kärglichen Gehalt zwei billige Sharp-Kassetten-Decks zu holen und sie zu koppeln. Die Idee war denkbar einfach: Ich wollte auf die einzelnen Kanäle des Tapes aufnehmen, also eine Spur links, die zweite rechts. Diese wollte ich dann gemeinsam auf die linke Spur des zweiten Tapes überspielen, so hätte ich mit der rechten des zweiten Tapes eine dritte Spur frei gehabt. Nachdem ich diese bespielt hätte, hätte ich diese drei dann zurück auf die linke des ersten Tapes überspielt und auf der rechten eine vierte aufgenommen. Und so weiter und so fort. Auf diese Weise, so errechnete ich mir, müsste ich auf mindestens vierundzwanzig Spuren kommen: paradiesische Zustände.

Ich brauchte lange, bis ich zu Hause alles so verkabelt und arrangiert hatte, wie es sein sollte, und voller Freude ging ich an die Arbeit. Unglaublicherweise funktionierte meine Methode. Zwar verloren die Überspielungen sehr schnell an Qualität, aber ich kam auf immerhin vier bis fünf rauschende Spuren. Das war schon mal ein immenser Erfolg für mich. Drei Tage verbrachte ich vor meinem Gerät und experimentierte. Dann endete meine Versuchskette. Es ging auf einmal nicht mehr, ich wusste nicht, warum. Ich probierte alles aus, überprüfte die Kabel, stöpselte die Stecker um, nahm neue Tapes, reinigte die Tonköpfe, es ging nicht mehr. Mein Traum entglitt, niemand konnte mir helfen, wahrscheinlich war einfach eins der Tapedecks kaputt. Nach einigen verzweifelten Stunden hatte ich einen wahnsinnigen Wutausbruch. Ich beschloss, die Wand meines Zimmers mit der bloßen Faust durchzuschlagen, das war mir bei der dünnen und niedrigen hölzernen Decke an einer Stelle schon mal gelungen. Ich holte aus und legte meine ganze Verzweiflung in diesen Schlag. Meine Hand traf auf die Wand, der Schmerz war unerträglich. Ich schrie und taumelte rückwärts durch das Zimmer. Die Wand war entgegen meiner Annahme massiv gemauert. Ich hatte mir die Mittelhand gebrochen. Alles war vorbei. Meine Aufnahmeanlage funktionierte nicht mehr, und ich selber war auch kaputt. Ich brach zusammen.

Eine klitzekleine Hoffnung auf Entschädigung trat in mein Bewusstsein: Solange meine Hand in Gips war, würde ich wenigstens nicht arbeiten müssen. Der Mann meiner Chefin war Arzt, und um die Sache nagelfest zu machen, ging ich zu ihm, um den Bruch untersuchen zu lassen. Wenn er mir die Verletzung bestätigte, musste ich ja wohl krankgeschrieben werden. Er bestätigte. Dann kam seine Frau und bat mich, sie nicht im Stich zu lassen. Sie bräuchte mich, ob ich nicht wenigstens den Verkauf machen könne, das würde sie mir nie vergessen. Ich konnte nicht nein sagen.

Völlig fertig saß ich die nächsten Wochen in der Töpferei. Zu meinen sonstigen psychischen Fesseln und Klammern kam jetzt auch noch der Gips, ich war zum Warten verdammt, ich fühlte mich wie ein Druckkessel kurz vor der Explosion. Nichts ging mehr.

In dieser Zeit im Gips drehte sich alles noch langsamer. Zeit wird langsamer, wenn es einem schlecht geht, und schneller, wenn es gut ist. Absolut undurchdachte Regelung. Ab und zu ging ich in der Mittagsstunde ins Café Amore, das war ein kleines Hippiecafé, das in der Straße lag, die «Am Moore» hieß. Dorthin kamen einige der schönsten Mädchen von Stelling. Das Café lag nämlich in der Nähe des Stellinger Schlosses, einer großen weißen Anlage, die sich auf einem Hügel über der Stadt erstreckte und in der ein Internat für höhere Töchter untergebracht war. Einige dieser sauberen Engel flogen allmittäglich ins Café der Herzen, um sich dort bei Bohnenkaffee zu unterhalten und auch einen Blick auf die eingeborenen Männer zu werfen. Daher zog ich meine tonverschmierte Latzhose aus und ging in meinem individuellen Outfit, das ständig wechselte, dorthin. Dann noch der Gips, der, gepaart mit meinem guten Aussehen, bei den jungen Frauen spontanes Mitleid auslöste. Ich bohrte ein Loch in den Gips, durch das ich einen Bleistift steckte. So konnte ich ungelenke Zeichnungen anfertigen. Ich machte die ganze Zeit auf sensibler Künstler, mit über die Schulter geworfenem Schal und so. Sie beobachteten mich, wie ich da alleine an meinem Tisch saß, ich würde sagen: der süßeste Typ im Raum, und unterhielten sich ganz offensichtlich über mich. Irgendwann kam eine von ihnen herüber und fragte, was ich denn da die ganze Zeit so zeichnen würde. Totenköpfe. Ich zeichnete ständig Totenköpfe, von allen Seiten und in allen Größen. Leicht irritiert hockte sie sich zu mir, und wir fingen an, uns zu unterhalten.

Von jetzt an setzten sich immer einige von ihnen an meinen Tisch. Es waren wirklich hübsche Mädchen, intelligent, gebildet, gut angezogen, jung, offen und neugierig. Ich träumte davon, wie es wäre, wenn sie mit mir in die Werkstatt kämen und unter der Qual der Hitze schließlich anfangen müssten, ihre Kleidung abzulegen, ihre Spitzenhemden und weißen Röcke, ihre Collegehosen und Lacoste-Pullunder, ihre Lederstiefel und Halstücher. Dann würden sie ihre wunderbaren, gepflegten langen Haare öffnen, die sie stets zu Zöpfen gebunden hatten. Ich würde gleichziehen, meine Latzhose und mein Karohemd abwerfen, und schließlich wären wir nackt. Ich würde sie mit feuchtem Ton einschmieren, erst vorsichtig, spielerisch, dann am ganzen Körper. Dann würden sie mich einreiben, bis wir von Kopf bis Fuß braun, nass und gleitend wären. Wir würden gemeinsam auf dem Fußboden verschmelzen zu einer Statue ekstatischer Körperlichkeit, bis schließlich meine Chefin käme, um uns in den Ofen zu schieben und zu backen. Pompejanischer Sex. Eine Skulptur der Lust.

Tatsächlich beschlossen einige von ihnen eines Tages, mit mir zu kommen. Ich führte sie stolz in meine versteckt gelegenen Produktionshallen und weihte sie ein in die Geheimnisse der Töpferei. Sie wollten unterhalten werden, und ich unterhielt sie, stundenlang und bei immer neuem Kaffee. Ich redete ununterbrochen, und sie lachten die ganze Zeit. Wenn ich mal aufhörte zu reden, setzte eine schmerzhafte Stille ein, die mir bewies, dass ich etwas falsch machte. Aber anstatt zu warten und zur Abwechslung einmal ihnen zuzuhören, redete ich schnell weiter, um das peinliche Loch zu füllen. Eine sexuelle Atmosphäre konnte so nie entstehen, dafür war ich zu sehr Ausstellungsstück. Also gingen sie am Ende ihrer Mittagsstunde wieder, und ich blieb mit meinen uneingelösten Phantasien alleine. Sie kamen noch ein paar Mal und ließen es dann sein. Sie wollten lieber wieder ins Amore gehen, als ständig bei mir in meinem Backofen zu sitzen. Ich hatte dafür Verständnis.

Die ganze Welt ist eine Attrappe

Manchmal umgab mich die Einsamkeit meiner Zelle wie der leere Raum, es war, als wenn es nichts mehr geben würde außer diesem Nichts. Wenn das Wetter schlecht war und keiner sich hinter die Kirche verirrte, tagelang. Tagelang ohne Kommunikation, ohne Worte, tagsüber war niemand zum Reden da, und abends, wenn Mutter versuchte, sich mit mir zu unterhalten, verweigerte ich es. Fünf Tage Schweigen. Worte fanden nur in mir statt. Oder in Büchern, die ich las. In Sätzen, die ich schrieb.

Ich fühlte mich als isolierter, frei beweglicher Körper, der sich über die Erdoberfläche bewegen durfte. Als von der Erde losgelöster, beweglicher Mineralienklumpen auf zufälligem Kurs. Das war alles. War da noch etwas? Oder war ich Teil eines Experimentes?

Sie hatten mich aus Biomasse geformt, mich durchdacht und konstruiert. Diese Stadt, in der ich arbeitete, und die, in der ich lebte, all das war nur Kulisse. Die Orte, von denen ich gelesen hatte, aber an denen ich noch nicht gewesen war: Es gab sie nicht. Wenn ich mich entschloss, einen neuen Ort zu besuchen, mussten sie in hektischer Betriebsamkeit alles aufbauen. Noch bevor ich dort ankam, musste alles so aussehen, als ob es schon immer dort gewesen wäre.

Es gab keine Menschen, alle anderen waren nur Roboter, geschaffen, um mich zu täuschen. Wenn ich um eine Hausecke bog, blieben hinter mir zehn Sekunden später alle Autos, Menschen, beweglichen Gegenstände stehen, wo sie waren. Um Strom zu sparen. Die zehn Sekunden für den Fall, dass ich nochmal zurückgehen und um die Ecke gucken würde. Sie waren schlau. Aber ich ahnte etwas. Ahnten sie mein Ahnen? Warum hatten sie mich erschaffen? Zu ihrer Freude. Und um zu sehen, ob so etwas Groteskes wie ich überhaupt überlebensfähig war, ob man Püppchen meiner Art auch auf anderen Planeten aussetzen konnte. Weil Götter Wunder erschaffen. So was bringt Spaß. Sie spielten Siedler mit mir. Ich war ein Test ihrer Intelligenz. Und ich konnte ihnen nichts beweisen. Was sollte ich denn tun? Dem Busfahrer die Hand abhacken und sie triumphierend zum Himmel halten? «Hier, ich hab's gewusst, alles nur Draht und Blech, gebt mir eine Freundin aus Fleisch und Blut, und ich will zufrieden sein!»

Ich achtete bei Menschen auf Wunden. War dort etwas Silbernes zu sehen? Oder in den Nasenlöchern? In meinen Wunden war nur Fleisch und Blut. Ich war echt. Ich hatte schon Tiere von innen gesehen. Sie mussten auch echt sein, in ihnen war nur organische Masse, keine Technik. Es gab also Leben auf diesem Planeten. Ich war mir ziemlich sicher. Aber wahrscheinlich kein intelligentes, außer mir. Was für perfekte Kreaturen die Robotermenschen um mich herum waren, was für leistungsfähige Computer in ihnen stecken mussten, um sie so echt, so schlau, so komplex wirken zu lassen. Vielleicht musste ich sie einfach nur so akzeptieren, wie sie waren, die Welt so nehmen, wie sie war. Es war doch alles ganz okay. Oder nicht?

An einem Freitagabend wartete ich in Stelling auf den Bus. Er hatte Verspätung, und ich nutzte die Zeit, um Zigaretten auf Vorrat zu drehen. Eine alte Dame stellte sich an das Halteschild und lehnte sich an. Sie hatte eine sonderbar eingeknickte Haltung. Ihr Gesicht war starr, die Augen erloschen, und sie konnte sich kaum auf den Beinen halten. Schließlich kam der Bus, und ich griff nach meiner Arbeitstasche, um aufzustehen. Aus dem Augenwinkel sah ich, wie die alte Dame kippte, sie fiel geradewegs vor das anhaltende Fahrzeug und wurde unter den Vorderrädern begraben. Sie gab keinen Laut von sich. Ich erstarrte vor Schreck, ließ die Tasche fallen und sprang nach vorne. Der Bus stand mittlerweile, und unter dem Reifen spratzten Funkenschauer hervor. Die Haare der Frau hatten sich gelöst, und eine silberne Kugel war darunter zum Vorschein gekommen, ein Arm war ganz verbogen, Stahl stak aus den Gelenken. In ihren gebrochenen Augen blitzten Dioden. Ich bekam keine Luft und taumelte rückwärts. Also doch. Die Passanten im Bus, der Fahrer, die Wartenden an der Haltestelle starrten mich ausdruckslos an. Was jetzt? Alles war aufgeflogen, wie sollte ich reagieren, wie sie? In der Zentrale herrschte Uneinigkeit darüber, alle Maschinen waren vorübergehend gestoppt.

Was hätte es mir gebracht wegzurennen? Wohin sollte ich in dieser Filmstadt, in dieser Weltattrappe? Es war ja sowieso nichts echt. Ich war also der Einzige. Aber warum war ich mir da so sicher? Vielleicht waren ja noch andere hier ausgesetzt. Mir blieb nichts anderes übrig, als unbeteiligt stehen zu bleiben, ihre Blicke zu ignorieren. Ich stieg in den Bus, die Türen schlossen sich, und ich wurde über die Felder transportiert, nach Hause, wo ich in diesem Spiel hingehörte.

Kontakt nach ganz oben

In der Sendung «Musik für junge Leute» war immer wieder die Rede von der Hamburger Szene, von Sigurd Müller, Beauty Contest, Prince of the Blood und vor allem von Alfred Hilsberg, dem Chef von allem, was cool war. Er war der Magnat, der alle Fäden in der Hand hatte, ohne den nichts lief, der Malcom McLaren Deutschlands. Zumindest dachten wir auf dem Land uns das so. Vielleicht konnte ich ihm ja auch mal was von den Amigos anbieten, vielleicht würde ihn das interessieren. Gerne hätte ich Kontakt mit Hilsberg aufgenommen, um ihm zu zeigen, dass wir Dorftypen auch was draufhatten. Aber wie sollte einer wie ich Kontakt zu einem wie ihm kriegen? Mehr aus Interesse als mit Absicht blätterte ich einmal in einem Hamburger Telefonbuch, das bei uns zufälligerweise herumlag, und schaute unter H nach. Ich traute meinen Augen nicht, als dort sein voller Name mit der Berufsbezeichnung «Medienbearbeiter» stand. Das konnte doch nicht wahr sein! Warum sollte ein derartiger Tycoon seinen gewaltigen Namen in so ein Buch schreiben lassen? Ich spielte mit dem Gedanken anzurufen. Wenn er sich auf so eine Art und Weise in die Öffentlichkeit begab, wenn er die Tür zu seinem Kosmos für alle öffnete, warum sollte ich das dann nicht nutzen? Das war ja geradezu eine Aufforderung an mich.

«Hier bitte meine Nummer, Roddy Dangerblood, ruf doch an, wenn du magst.» Stalker-Gedanken. Aber was sollte ich ihm sagen? Was wollte ich von ihm? Egal, erst handeln, dann denken, die Worte liegen im Unterkiefer bereit. Ich wählte. Ein Rufton in der Muschel und unglaubliche Spannung. Wenn ich Glück hatte, würde ich sie gleich hören, die große Stimme. Der Hörer wurde abgenommen.

H: Hilsberg, hallo?

Ich schluckte, mein Mund war trocken.

Ich: Hallo …

H: Wer ist denn da?

Ich: Hallo … äh …

H: Was soll denn das?

Ich: … äh, ich heiße Roddy Dangerblood und wollte wissen, ob ihr schon mal was in Kiel gemacht habt?

H: Was? Wer ist da? Rolly was?

Ich (selbstbewusster): Roddy Dangerblood bin ich. Ich wollte wissen, ob eure Leute schon mal in Kiel aufgetreten sind?

H: Weiß ich jetzt nicht. Was soll das denn?

Ich: Na, ich wohn in der Nähe von Kiel und habe gute Kontakte zur Pumpe (das war ein großes Veranstaltungszentrum, zu dem ich überhaupt keine Kontakte hatte).

H: Was meinst du damit: da mal was machen?

Ich: Na, ihr bringt eure Bands, z. B. Beauty Contest und Kastrierte Philosophen, und ich bringe unsere, wir haben hier mehrere sehr geile Bands, die heißen die Amigos und die Möpse und so. Was hältst du davon?

H (nicht mehr ganz genervt, aber skeptisch): Ja, zu was für Konditionen denn, was gibt's an Gage? Auf Prozente oder auf fest, und wie läuft das alles bei euch?

Ich: … Hä … was?

H: Die Gagen … wie sehen die Verträge aus?

Ich: Ach so … na, das machen wir dann, erst mal wollte ich wissen, ob ihr überhaupt Interesse habt.

H: Kommt drauf an, da musst du schon noch konkreter werden.

Ich: Okay, ich ruf dich wieder an, wenn ich Fakten habe, okay?

H: Gut, bis dann.

Wooooooow, unglaublich, unglaublich, ich hatte mit Alfred Hilsberg gesprochen, er hatte mir zugehört, mich nicht abgewimmelt, Mannomann. Ich erzählte es allen meinen Freunden, aber den meisten war es eher egal. Sie waren nicht so manisch in ihrem Interesse für Musik wie ich. Ein paar Tage später rief ich wieder an. Ich hatte das Glück, Hilsberg in Wodkalaune zu erwischen, denn er mochte Alkohol gerne leiden, und so war er von vornherein lockerer und gesprächiger. Es entwickelte sich eine richtige Unterhaltung. Wir redeten über Musik und vor allem übers Trinken. Er brachte mir Interesse entgegen, ich war glücklich. Schließlich meinte er, wir könnten uns doch mal treffen, er würde in einigen Tagen in Harburg zu einem Konzert von Eugene Chadbourne im Suba-Center gehen, ob ich da nicht mal vorbeischauen wolle, um mich mit ihm ernsthaft über das Konzert in Kiel zu unterhalten. Jetzt wollte er mich also auch noch treffen. Ich konnte es alles kaum glauben.

Zu dem besagten Tag überredete ich Jochen Sommer, den ersten Punk, den ich je kennen gelernt hatte, mit mir nach Harburg zu fahren. Eugene Chadbournes Band hieß Shockabilly, und da Jochen an Ted-Musik interessiert war und Shockabilly nach Billy klang, willigte er ein. Nach ewigem Suchen in Harburg fanden wir schließlich den besagten Laden. Das Konzert entpuppte sich als gut besuchtes Kunst-Konzert, Chadbourne spielte auf Grasforken und Hühnerkäfigen, und Jochen war total genervt. Ich hatte mich stadtfein gemacht, indem ich schwere schwarze Lederstiefel trug, einen zerrissenen, schwarzen langen Pelzmantel, den ich mit einem gigantischen Feuerwehrledergurt gegürtet hatte, und einen zerbeulten, kaputten Stoffzylinder, unter dem meine zerzausten Haare in Strünken herausragten. Das Gesicht hatte ich mir mit Kohlenstaub eingerieben, sodass meine Augenhöhlen wie dunkle Löcher aussahen. Ich fiel stark aus der Reihe, sah aus wie eine Mischung aus Schornsteinfeger und psychopathischem Waldräuber. Die Szenisten beobachteten mich argwöhnisch, hier stand man eher auf Haircut 100. Ich fragte an der Kasse nach Hilsberg, und der Kassierer wies auf einen etwas älteren beleibten Herrn in Schwarz, der sich mit anderen unterhielt. Unsicher und ängstlich steuerte ich auf ihn zu und stellte mich vor ihm auf. Ich wusste nicht, was ich ihm präsentieren sollte, ich hatte ja nichts, er hatte alles. Ich wollte Kontakt zu ihm, dann würde das andere schon von selbst passieren. Er musterte mich erschrocken.

Ich: Hallo, ich bin Roddy Dangerblood.

H: Wer?

Ich: Roddy Dangerblood aus der Nähe von Kiel, das Pumpe-Festival …

H: Ach so, ah ja … ähem …

Ich: Ja, schön, dass wir uns treffen, wo wollen wir uns denn mal hinsetzen zum Reden?

H: Ja also, jetzt ist es gerade nicht so gut. Vielleicht können wir ja später nochmal reden, okay?

Ich: Ach so, schade, na ja, okay … reden wir später.

Natürlich sah ich ihn nicht wieder, er ließ sich von der Menge davontreiben und verschwand für den Rest des Abends. Obwohl mir Eugene Chadbourne gut gefiel, war ich maßlos enttäuscht. Was hatte ich falsch gemacht? Hatte ich die Kleiderordnung verletzt? Wirkte ich nicht seriös genug? Die Antwort lautete: Ich war einer von den zahllosen Spinnern, die sich melden, weil sie «da so ein Ding am Laufen haben». Das hatte er gemerkt.

Jochen wollte zurück, ihm reichte dieses Scheiß-Harburg. Mir auch.

Ich rief lange nicht mehr an bei Hilsberg. Ich wusste nicht, wie ich neu anfangen sollte. Jahre später wurden wir zu guter Letzt doch noch Musikpartner, denn er veröffentlichte ein Projekt, an dem ich teilnahm (unsere Band hieß Motion, die LP «Ex Leben»). Er erkannte mich nicht. Erst als ich ihm von unserem Treffen erzählte, fiel ihm die Episode wieder ein.

Zwei Provinzler fallen über eine Großstadt her

Mein graues Monster Alltag tötete mich. Ich wollte raus hier. Ich schrieb Songs. Für die Amigos, für Fliegevogel und mich. Vielleicht konnten uns ja diese Songs befreien. Jede Mittagsstunde saß ich im Hinterzimmer und probierte mit meinem kleinen Casio-Keyboard und meiner Gitarre neue Akkorde aus. Texte fielen mir ohne Ende ein. Die Songs hießen:

Hallo, wir sind die Amigos
Abendrot, Manuela ist schon lange tot
Schwester Ursula
Schmalenstedt
Für immer Punk
Johnny ritt in die Ferne
Liebe kann man sich nicht kaufen

Fliegevogel und ich trafen uns am Wochenende und probten die Songs. Wir spielten sie im Haus der Jugend vor fünfzehn Freunden. Die Reaktionen waren sehr positiv. Zu der Zeit hatten wir über Schorsch Kamerun relativ gute Kontakte zu den Timmendorfer Punks, die ähnlich verquer waren wie wir, und sie luden uns ein auf eine Party in einer alten Hotelruine. Den Höhepunkt des Abends sollte ein Auftritt der Amigos bilden. Fliegevogel und ich sagten spontan zu. Wir fühlten uns reif für die Welt, wir hatten unser Repertoire beisammen.

Wir trafen uns mit den Timmendorfern in der besagten verfallenen Ruine. Ein ganzes Hotel gehörte heute Nacht uns. Strom gab es keinen, nur Kerzen und Akustikgitarren. Es war eine ähnlich große Zuschauerzahl wie in Schmalenstedt, der Abend wurde ein voller Erfolg. Wir mussten unsere wenigen Lieder immer wieder spielen, und Texte und Melodien hakten sich dementsprechend schnell bei allen Anwesenden ein.

Die Mädchen kreischten jedes Mal, wenn wir von neuem anhoben.

Wir: Abendrot ohoho,
Manuela ist schon lange tot
Ohoho,
Und wie damals sitz ich heute wieder hier,
Auf dem einsamen Felsen,
Mädchen (spitz): dem Felsen der Liiieebe!

Mit alldem machten wir uns lustig über die Erwachsenenwelt, Musikantenstadl, Hitparade, Schlager, Mainstream, Starverehrung. Wir waren keine Stars, wir waren gute Freunde mit neuen Ideen füreinander. Wir äfften die hässliche Welt nach, wir waren Müllsammler und recycelten die Splitter ihrer geborstenen Oberfläche.

Als Revanche für den Abend in der Hotelruine luden das nächste Mal wir Schmalenstedter die Timmendorfer ein. Sie sollten mit ihren Bands kommen, mit den Goldenen Zitronen, deren Name in Punkkreisen mittlerweile voller Achtung genannt wurde, und den Möpsen, einer Band, die den großen Sprung erst noch vor sich hatte. Die Zitronen hatten schon diverse Konzerte, unter anderem auch in Hamburg, hinter sich, und es hieß, sie würden bald eine eigene Single machen. Unglaublich! Wir hatten als einzige, aber schlagkräftige musikalische Antwort: die Amigos. Austragungsort unseres Festivals sollte ebenfalls ein altes verlassenes Hotel sein, und zwar das Hotel Dosautal, das ziemlich im Zentrum der Stadt seit Jahren leer stand. Es war ein für kleinstädtische Verhältnisse großes Hotel, mit einem Restaurantbereich und einem Ballsaal mit eigener Bühne. Daneben lag eine Kegelbahn, die einen Kühlschrank beherbergte. Er war voller Alkohol und mit einer Kette umschlossen.

Die Vorbereitungen für unseren Abend waren ausufernd

und hektisch. Karsten und Maria stellten mit Kartoffeldruck die Eintrittskarten her und kümmerten sich um die Kasse, die gesamte Anlage wollten die Zitronen mitbringen, und Getränke waren Privatsache. Wir telefonierten mit allen Punks der Gegend und machten Werbung für unseren Abend. Bloß die Kieler Punks wollte keiner hier haben. Fliegevogel und ich probten sogar und nahmen eine Kassette mit unseren größten Hits auf, die wir an diesem Abend verkaufen wollten. Das Coverartwork war aufwendig kopiert und gefaltet und erzählte unsere frei erfundene Bandbiographie.

Schließlich war es so weit. Der große Tag zog nieselnd über unserem Hotel auf, und wir waren wahnsinnig aufgeregt. Unser erstes großes, selbst organisiertes Konzert!

Wir ackerten schon mittags im Saal, räumten auf, was in wenigen Stunden von uns selbst verwüstet werden sollte, und hingen ab, warteten, redeten die Show herbei. Am frühen Nachmittag fuhren die Zitronen mit einigen alten Schrottkisten vor, aus denen sie diverse Verstärker und Instrumente luden, die wir zusammen auf die Bühne trugen. Die Anlage wurde gecheckt, und der Sound war den Umständen entsprechend gut. Wir besprachen gemeinsam die Reihenfolge. Zuerst sollten die Möpse spielen, dann die Amigos und zum Schluss die Zitronen. Das würde die Massen zum Durchdrehen bringen. Die Zitronen hatten ihr extravagantestes Outfit an, bunt, schrill, geblümt, die Möpse sahen dagegen zurückhaltender aus, und wir als Amigos trugen Zerschlissenes zu unseren Sombreros.

Ab acht Uhr kamen die Fans oder, besser gesagt, die Freunde, Fans gab es bei uns in dem Sinne nicht. Die Kasse klingelte, der Eintritt lag, glaube ich, bei drei Mark, und der Saal füllte sich. Zu Konzertbeginn waren sagenhafte achtzig Leute im Saal. So viele hatten wir nicht erwartet. Die Möpse heizten dem Publikum richtig ein, und wir Amigos standen danach das erste Mal vor einem größeren Publikum, das nicht zuletzt wegen uns gekommen war. Jeder unserer Songs wurde lautstark mitgegrölt, wir fühlten uns auf unserem Karrierezenit. Die Zitronen nach uns waren echtes Dynamit. Es war (bis auf Slime) das beste Punkkonzert, das ich bis dato gesehen hatte. Die Leute drehten zu den schrillen Prügelklängen total durch und tanzten Pogo bis in die hintersten Winkel des Saals. Der Krach schallte auf die Straße, erschreckte Bürger starrten vom gegenüberliegenden Bürgersteig in die Hotelfenster. Stühle wurden geschleudert, und schließlich traten Honk und Heffer die Tür zur Kegelbahn ein und brachen den Kühlschrank auf. Der frische Alkohol schwappte in den Saal und ließ die Meute endgültig durchdrehen. Die Vorhänge wurden runtergerissen, alles, was nicht niet- und nagelfest war, durch die Gegend gefeuert. Woher wohl dieser unbedingte Wille zur Zerstörung immer kam? Aber ohne das wär's nichts gewesen. Am Ende, nach dem Konzert, war der Saal eine Müllhalde und wir glücklich und zufrieden. Als auch die letzten Alkoholvorräte zur Neige gingen, verließen wir das sinkende Schiff und fuhren zu Meier, die hatten bestimmt noch was. Das Hotel hatte seine Schuldigkeit getan, die Miete war im Voraus bezahlt, und wir hatten damit nichts mehr zu tun.

Einen Monat später sollten die Toten Hosen nach Timmendorf kommen. Campino war bereits mit Schorsch bekannt, und der hatte die Hosen für das Konzert gewinnen können. Das war sehr aufregend für uns. David hatte schon die ersten beiden Singles angeschleppt und sie für das ganz große neue Ding erklärt. Zunächst verstand ich es nicht. Die hatten ja auf dem Cover ganz normale Siebziger-Jahre-Klamotten an. Was sollte das denn? Die waren doch grade erst vorbei, die Siebziger. Und das sollten Punks sein? Aber dann kam die «Opel Gang»-LP und ging wie ein inländischer «Never mind the bollocks»-Komet über dem norddeutschen Punkhimmel auf. Diese Platte war ein neuer Kraftschub für unsere Bewegung, die schon deutlich spürte, dass sie nur noch ein Nachbeben von etwas Größerem war. Es wurde nichts anderes mehr gehört, nur noch «Opel Gang». Ein neuer Geist sprach aus den Texten, sie waren nicht mehr so verkniffen politisch wie z. B. die Slime-Texte, sondern offener, spielerischer, auslegbar. Die Melodien konnte man erstklassig mitsingen, der Sound war wundervoll schrengelig. Und die Klamottenidee leuchtete mir im Nachhinein ebenfalls ein: Auch die Hosen wollten sich von den normalen Prollpunks unterscheiden, genau wie wir.

Am Tag des Konzerts machten sich alle Schmalenstedter Punks nach Timmendorf auf, in Autos und auf Motorrädern. Johlend trafen wir an der Ostseepromenade auf die Timmendorfer Punks. Das war die beste Punkansammlung, die ich bisher erlebt hatte. Alle First-Class-Punks der Gegend hatten sich für diesen denkwürdigen Tag hier versammelt, und gemeinsam warteten wir auf die interessanten Rockmusiker. Der Platz, an dem wir uns mit der üblichen Verpflegung niedergelassen hatten, war ein Verkehrskreisel. So um 15 Uhr fuhren die Hosen in die Stadt ein und rollten mit ihrem alten BMW an uns vorbei. Auf das Dach hatten sie einen weißen Kindersarg geschnallt, in dem die Gitarren und der Bass verstaut waren. Großes Gejohle setzte ein, und die Hosen drehten hupend eine Ehrenrunde. Das waren also die neuen Punkstars. Ein denkwürdiger Auftritt, zugegebenermaßen. Dann fuhren sie weiter zum Haus der Jugend, um ihre Instrumente aufzubauen.

Das Konzert war spitzenmäßig. Zuerst waren die Zitronen dran, dann spielten die Hosen alle Songs der «Opel Gang» und der beiden Singles, und wir pogten, was das Zeug hielt. Danach wurde gefeiert, und später pennten wir irgendwo, manche dort, wo sie gerade hingefallen waren, andere bei den Timmendorfer Punks zu Hause.

Dieses Konzert war der Anlass für die Amigos, raus zu wollen. Wir müssten auf Tournee gehen, fand ich, in fremden Städten spielen und uns unseren Ruhm erkämpfen, so wie hier gerade gesehen.

Ein paar Monate später spielten die Hosen um Silvester herum in Berlin, und Fliegevogel und ich beschlossen hinzufahren. Wir zogen unsere neu erstandenen Schlaghosen an, ein paar zerfetzte Pullover und unsere Sombreros. Wie räudige Banditen sahen wir aus. Ich trug ein Kinderpistolenholster, in das ich in Ermangelung einer Waffe eine Bierflasche steckte. Wir trampten und brauchten aufgrund unseres Aufzugs zwei Tage, um nach Berlin zu kommen. An der Grenze ließ man uns allerdings anstandslos durch, nur rein mit dem Dreck nach Westberlin, mögen sich die Grenzer gedacht haben.

Fliegevogel und ich rannten durch Kreuzberg und hatten keine Ahnung, wo wir hin sollten. Wir hatten kein Gepäck dabei, sondern waren einfach so losgefahren. Adressen zum Pennen hatten wir auch keine. Unsere finanziellen Reserven beschränkten sich auf in etwa dreißig Deutsche Mark. Auf unserem ziellosen Weg durch die winterliche, verschneite Stadt trafen wir am Abend in Kreuzberg auf einmal auf die Hosen. Sie kamen uns auf offener Straße zu Fuß entgegen und waren sofort angetan von unserem Äußeren. Andi sagte zu den anderen: «Guckt mal, die haben ja viel geilere Hosen als wir an.» Damit meinte er meine Schlaghose, die aus silbernem Stretchstoff gemacht war und wie zwei kleine Weihnachtsbäume in der Nacht glitzerte. Außerdem sahen unsere Sombreros cool aus. Ich war stolz wie Bolle. Also modemäßig waren wir schon mal am Drücker. Campi fragte uns, ob wir mitkommen wollten in die Rote Laterne, etwas essen. Wir hatten uns in Timmendorf noch nicht kennen gelernt, und Fliegevogel und ich fühlten uns geehrt, von Campino gefragt zu werden. Zu dem Zeitpunkt hatte ich gerade den Club der Gemeinen gegründet, dessen Mitglieder verpflichtet waren, jeden Tag eine schlechte Tat zu vollbringen. Zum Beweis der Zugehörigkeit zu diesem erlesenen Zirkel hatte ich Ausweise hergestellt, mit denen die Clubmitglieder unmissverständlich belegen konnten, dass sie richtig gemein waren. Auch das imponierte den Hosen. Campino wollte sehr gerne Mitglied im Club der Gemeinen werden. Ich stellte ihm die Zugehörigkeit für den kommenden Abend in Aussicht, aber erst müsste er noch beweisen, wie gemein er wirklich sei. Die Hosen bezahlten das Essen, und ich schraubte alle Salzstreuer auf. Dann gingen wir zum Veranstaltungsort, wo das Konzert stattfinden sollte. Es war ein sehr großer Raum auf einem Hinterhof, in den bestimmt tausend Leute passten. Vor den Hosen spielten noch zwei Vorbands, dann kamen sie selber an die Reihe. Das Konzert war unbändig wild, die Leute drehten komplett durch, ein einziger zuckender Fleischklops füllte die Halle. Total aufgedreht kam Campino nach dem Konzert von der Bühne, und wir battelten uns erst mal gegenseitig an, wer der Gemeinere sei und wer mehr Schnaps vertragen könne. Schorsch erzählte Campino, dass Fliegevogel und ich eine Band seien und dass wir supercoole Songs hätten. Campino bot uns sofort an, die Bühne zu entern und auf ihren Instrumenten zu spielen. Ein Großteil des Publikums war noch im Saal. Ich konnte es gar nicht glauben, wir Dorfpunks, hier in Berlin, auf einer Bühne mit den Hosen, vor großem Publikum, mit unseren Songs, von denen viele sagten, dass sie genial seien. Was für eine Chance! Begeistert zog ich Fliegevogel in Richtung Bühne, merkte allerdings aufgrund seiner verzögerten Reaktionen jetzt schon, dass er wohl größere Mengen Alkohol intus hatte. Ich machte mir keine Gedanken darüber und sprang auf die Bühne. Fliegevogel hängte sich Breitis Gitarre um, und ich ging ans Mikrophon, um uns anzukündigen.

«Hallo, Leute, wir sind die Toten Hosen aus Schmalenstedt, und wir spielen jetzt hier unsere neuen Songs für euch.»

Das war schon mal eine ganz gekonnte Ansage. Viele der Leute im Saal drehten sich in Richtung Bühne und wunderten sich, wer denn jetzt noch spielen sollte, nach den Hosen, und warum die Band auch Tote Hosen hieß. Fliegevogel zählte an, wir wollten mit «Hallo, wir sind die Amigos» anfangen. Aber nach dem ersten Akkord hörte Fliegevogel auf zu spielen und meinte, die Gitarre sei verstimmt, er müsse sie erst mal tunen. Etwas verunsichert blieb ich stehen und guckte ratlos ins Publikum. Fliegevogel drehte wahllos an der Stimmmechanik, probierte mal hier, mal dort, überlegte, drehte dann eine andere Saite ein Stück weiter, kurzum, er begann mit einer Stimmarie von unbekannten Ausmaßen. Mit jeder Saite, die er drehte, schienen sich die anderen weiter zu verstimmen. Dabei wankte er die ganze Zeit leicht nach allen Seiten. Um sich hören zu können, hatte er den Verstärker ziemlich laut aufgedreht, und so musste der ganze Saal das unerträglich lahme Genödele minutenlang mit anhören. Zwischendurch sprang ich immer wieder ans Mikrophon und versprach, dass es gleich losgehen werde. Aber es ging nicht los, es war Fliegevogels große Tuningstunde: «Wie schaffe ich es, sechs Saiten in fünfzehn Minuten aus jedem möglichen tonalen Zusammenhang herauszureißen?» Ich konnte es nicht glauben. Unsere große Chance zerfloss in unseren Händen, ein Kopf nach dem anderen wendete sich ab und drängte zum Ausgang, eben waren noch 600 Leute im Saal, jetzt noch 300, gleich vielleicht noch 50 – Fliegevogel, siehst du's denn nicht? Unsere Zukunft! Schließlich war der Saal leer. Ich ging wortlos von der Bühne. Um die Ecke standen die Hosen, die bereits früher gelangweilt den Raum verlassen hatten. Dennoch luden sie uns ein, mit ihnen um die Häuser zu ziehen.

Später in jener Nacht krabbelten Campi und ich noch im Risiko über den Fußboden und knoteten die Schnürbänder der Anwesenden zusammen. Das war Campis Aufnahmeprüfung für den Club der Gemeinen. Fliegevogel machte sich an die Freundin von Bela B. ran, und es kam fast noch zum Eklat.

Aber am nächsten Tag brach der Frust über die verpasste Chance wieder in mir durch. Die Chance für uns Dorftypen, in der Großstadt für eine Nacht das coole Ding zu sein. Wir hatten kein Geld mehr. Ich wollte nach Hause. Wir trampten zurück.

Der Hafen der Liebe

Unserer Szene ging langsam die Luft aus. In diesem für mich damals unendlich langen Zeitraum von vier Jahren machten sich zum Ende hin die Zeichen des Niedergangs unübersehbar bemerkbar. Die Punkbewegung war überall anderswo schon längst gestorben, hier bei uns starb sie nochmal. Das zu erleben war frustrierend für mich. Denn die Gründe für diesen Niedergang waren eher profaner Natur. Wir fielen nicht auf dem Schlachtfeld der Revolution oder versanken im Sumpf von Drogen und Gewalt, die Gründe waren überaus alltäglich: Faulheit, Müdigkeit wegen des Berufsalltags und vor allem die Einrichtung von Nestern privater Zweisamkeit. Diese verdammte Liebe raubte uns einen Kämpfer nach dem anderen. Die derbsten Durchdreher wurden zu handzahmen Kuschelhasen. Wie konnten sich Punks bloß so verändern? Ich schwor mir mit Piekmeier, dass wir nie so werden würden wie diese ganzen verräterischen Aussteiger. Wir würden noch mit achtzig Jahren oben beim Friedrichsturm auf der Bank sitzen, mit lila Glatze und Bart-Irokese, rumkrakeelen und Noli trinken.

Anrufe bei den Aussteigern waren zwecklos. «Nee, heute nicht, nee, wir sind schon im Bett, am Wochenende vielleicht, och nee … kein Bock …!» Wie konnte man mit achtzehn schon so tot sein? Dabei war mein Leben eigentlich nicht viel anders, ich fuhr schließlich auch jeden Tag zur Arbeit, musste relativ früh ins Bett und früh aufstehen, ging nur am Wochenende richtig aus. Aber ich machte es mir wenigstens nicht gemütlich, sondern saß zu Hause und schmiedete Pläne, erschuf Lieder, Fanzines, Klamotten, alles unter der klirrenden Sonne von Punkrock.

Ich konnte mir nicht vorstellen, was das wohl für ein Gefühl sein sollte: Liebe. Ich kannte oberflächlich die Aufregung des Verliebtseins, sexuelle Anziehung, und konnte nachvollziehen, dass Paare Beständigkeit in ihrer Beziehung suchten. Aber dieses viel beschworene Gefühl von Liebe – was war denn das wirklich? Ich konnte mir nicht vorstellen, dass es wichtiger, größer, umfassender sein sollte als das Gefühl für die Gang, für die Bewegung.

Noch schlimmer wurde es, als die ersten Vöglein flügge wurden. Nach und nach fingen meine Freunde an, zu Hause bei ihren Eltern auszuziehen, meist machten sie gleich einen größeren Sprung und zogen nach Kiel, nach Hamburg, Bremen, Frankfurt. Das war schockierend, ich versuchte, wen auch immer zurückzuhalten, versuchte, sie im Namen von Punkrock an die Provinz zu fesseln und sie zu überreden, mich um Gottes willen hier bitte nicht allein zu lassen mit den Schläfern um mich herum. Meine Argumente verhallten ungehört, verständlicherweise. Ich fragte mich: Was hat Hamburg, was Schmalenstedt nicht hat? Und ich musste mir die verstörende Antwort geben: Alles. Die Anzahl meiner Freunde sank rapide. Sie alle fingen ein aufregendes Leben in deutschen Großstädten an, nur ich nicht. Ich musste weiter zur Lehre gehen, konnte nicht mit ausfliegen, musste bleiben.

Ich begann mich wieder mit Kirsten Lebowski zu treffen, wanderte über das Land zu ihr, im Winter, in meinen zerfetzten Freierskleidern, und wurde von ihr als willfähriger Spielkamerad und mitgefangener Galeerensträfling der Langeweile gerne empfangen. Mehr aber nicht.

Manchmal waren wir zu dritt, mit dabei war Maria, die Exfreundin von Flo Becker, sie hatte zu diesem Zeitpunkt auch keine Beziehung. Wir saßen zusammen und redeten über Jungs und Mädchen, über das Zusammensein, über Liebe und Sex. Das war spannend, denn es lagen immer Möglichkeiten hinter diesen Worten, Andeutungen, Spiele. Maria war eine ausgezeichnete Spielerin, sie nutzte ihre Figuren, verwickelte mich in lange Züge, und langsam, aber sicher gingen meine Gefühle von Kirsten auf Maria über, fielen dort auf fruchtbareren Boden, verankerten sich in dem Interesse, das sie mir entgegenbrachte. Sie war hübsch, intelligent, charmant, lustig und hatte eine bezaubernde Art, mich zu umgarnen. Gekonnt verwickelte sie mich in ein Spiel aus Lob und Zurückweisung, dem ich mich immer weniger entziehen konnte. Wir telefonierten oft, redeten lange, sie verstand mich, hörte mir zu, ließ meinen Wahnsinn an sich heran.

Zu meinem achtzehnten Geburtstag erschienen alle Verbliebenen auf meiner Geburtstagsparty, wir saßen in der Diele bei mir zu Hause, aßen, tranken und redeten. Es wurde spät, und schließlich gingen die meisten. In einem von den anderen unbemerkten Moment bot sie mir an, bei mir zu bleiben. Mir wurden die Knie weich, damit hatte ich nicht gerechnet. Mit jedem Gähnen um uns wuchs meine freudige Erregung, ja, jetzt geht doch endlich, geht alle, raus hier. Schließlich saßen wir zu zweit vor dem Kamin, meine Eltern waren ebenfalls schon zu Bett gegangen, und ich hatte Maria ganz für mich alleine. Sie umarmte mich und wir küssten uns, wir flüsterten miteinander, wir setzten uns in den Garten auf die Bank unter den Vollmond und schauten auf das weite Tal, in das ich schon millionenmal geguckt hatte, mein Tal, mein Fluss, mein Nebel, der dort, seit es Menschen gibt, weiß wie in einer Wanne lag. Es gibt für die Gefühle nach unten wie nach oben eine Grenze, an der man sich wünscht: Hier geht es nicht weiter, jetzt möchte ich sterben. Meine Glücksgefühle waren kaum zu steigern, ich wünschte mir, die Zeit würde stehen bleiben, zu viel, zu viel.

Das bleiche Licht, die warme Luft, deine Lippen und Augen, dein Atmen und Flüstern, das erste Mal so tief. Ich habe so lange gewartet, es war mehr als ein Spiel, du meintest mich.

Aufgeregte Worte, einzelne Silben, keine Sätze mehr, keine größeren Sinnzusammenhänge, Körpersprache.

Dann gingen wir in mein Zimmer, um uns zu erforschen.

Von jetzt an war jeder Tag anders für mich, aufregend, voller

Freude. Ich sah sie nicht immer und war dadurch noch mehr damit beschäftigt, sie herbeizusehnen. Andere Frauen interessierten mich nicht mehr, ich wollte nur noch ihre Hand in meinem Schritt. Gleichzeitig aber forderten die alten Loyalitäten in mir ihren Tribut: Was ist mit der Bewegung, mit Punkrock, Action, freier Energie? Was hast du über die anderen gedacht, als die sich auf Liebe einließen? War das jetzt die Entscheidung? Punk oder Liebe? Durfte ich mich für die Liebe entscheiden? Alle meine Zweifel zerstreuten sich, wenn wir telefonierten oder uns trafen. Wir verbrachten Tage im Bett, nur unterbrochen von kurzen Exkursionen in die Küche, um Nahrung zu besorgen. Wenn mich Freunde anriefen und mich fragten, ob ich Zeit und Lust hätte rauszukommen, antwortete ich: «Ach nö, kein Bock, wir sind schon im Bett, vielleicht mal die nächsten Tage oder so ...», und legte schnell auf, bevor ich die Flüche am anderen Ende hörte.

Meine Gefühle nahmen nicht ab, sie wurden immer stärker. Ich bekam eine Ahnung von dem, was andere mir über die Liebe gesagt hatten. Und trotzdem erzählte ich Maria von den Zweifeln, die ich hatte, von der Unsicherheit. Von meinem Schuldgefühl gegenüber der Bewegung. Sie war traurig, sah keinen Grund für meinen Zweifel an unseren Gefühlen.

An einem Samstag war ich mit meinem Rennrad zu ihr gefahren und hatte den Abend bei ihr und ihrer Familie verbracht. Ihr Vater mochte mich, ich ihn auch, ich war ein willkommener Gast. Aber eine Übernachtung in seinem Haus war tabu. Also brachte ich Maria ins Bett, um dann nach Hause zu fahren. Als sie unter ihrer Decke lag und ich vor ihrem Bett kniete, stellte sie mich vor die Wahl: Ich sollte ihr sagen, was ich von ihr wollte. Wollte ich sie als Geliebte, Freundin, Genossin oder Trinkkumpanin? Oder als was sonst? Sie wollte Klarheit. Sie wollte einen Satz von mir hören, den ich noch nie gesagt hatte. Ich könnte gehen und es mir überlegen, sie würde das Fenster auflassen, und wenn ich ihr etwas zu sagen hätte, könnte ich nochmal zurückkommen. Ihr Fenster ging zum Garten. Ich verabschiedete mich, nahm mein Fahrrad, schob es auf die Straße, fuhr los, drehte um, fuhr im Kreis. Die Sterne funkelten über mir. Es war sehr warm, und ich setzte mich auf die Straße. Was wollte sie von mir? Was wollte ich von ihr? Wenn ich jetzt zurückginge, würde es Ernst werden, wenn ich jetzt wegginge, wäre es vorbei. Wem nützte es, wenn ich mir mein persönliches Glück verdarb? Niemandem. In Wahrheit hatte ich Angst. Vor der Entscheidung, der Ernsthaftigkeit, den Konsequenzen. Mein Herz pochte laut, ich lag auf dem Rücken, keine dreißig Meter von mir entfernt war der Mensch, mit dem ich am liebsten auf der Welt zusammen sein wollte, wusste nicht, wo ich war, wie ich mich entscheiden würde. War sie aufgeregt? Hoffte sie? Mir wurde klar, dass ich nicht gehen konnte. Ich konnte mich nicht von hier wegbewegen, mein Herz fand ein Bild, entschied sich in diesen Minuten und gab mir auch die geistige Klarheit. Natürlich wollte ich sie, sie und niemanden anders, nur sie, wie konnte ich bloß überlegen? Ich schlich zu ihrem Fenster, es war verschlossen. Vorsichtig ging ich zur Vordertür und drückte den Türgriff, hier war geöffnet. Auf Zehenspitzen schlich ich an der Schlafzimmertür ihrer Eltern vorbei, den Flur entlang und zu ihrem Zimmer. Ich betrat es und stand vor ihrem Bett. Das Zimmer lag im Dunkeln, aber das Mondlicht fiel auf ihr Gesicht. Sie hatte die Augen geschlossen. Ich beugte mich über sie, da öffnete sie die Augen und schaute mich an. Ich ließ mich auf die Knie nieder. Sie flüsterte: «Und, wofür hast du dich entschieden?»

Ich suchte nach den richtigen Worten und fand sie schließlich. Sie hatte sich aufgerichtet und schaute mir in die Augen. Sie hob die Bettdecke und zog mich an sich. Ich hatte das erste Mal seit einer Ewigkeit das Gefühl, zu Hause zu sein. Ich blieb die ganze Nacht.

Die Prüfung

Ich fuhr immer öfter nach Hamburg, da in Schmalenstedt so gut wie nichts mehr los war. Die meisten aus unserer Gang waren zu Hause ausgezogen und direkt nach St. Pauli geflattert, wohnten irgendwo auf dem Kiez. Ich beneidete sie. Wenn ich nach Hamburg kam, übernachtete ich entweder in der Seilerstraße bei Flo und Piekmeier oder in der Buttstraße bei Schorsch und Ted, die bereits länger in Hamburg wohnten. Neben der Wohnung der beiden war das Krawall/Totenschiff, die seinerzeit legendärste Punkkneipe von Hamburg, wir brauchten nur zwanzig Meter zu gehen, schon waren wir im Herzen der Ereignisse. Wenn ich zurückmusste aufs Land, fiel die Depression wie ein dunkler Vorhang über mich. Mein einziger Lichtblick war Maria. Für sie wäre ich überallhin gegangen.

Ihr Vater hatte die Idee, sie für ein halbes Jahr in den Schwarzwald zu schicken, wo sie in einem Kinderheim am Titisee in der Küche arbeiten sollte. Ich fand die Idee schrecklich. Gerade jetzt, zum Beginn unserer Liebe, wo alles so wundervoll war, sollte sie mir entrissen werden. Aber ich konnte nichts machen, denn sie wollte gehen.

Als sie abreiste, begann eine schlimme Zeit für mich. Ich fiel zurück in meine Starre, in meine Agonie, meine alten Depressionen. Ich war wieder ganz allein. Aber wir schrieben uns oft, immer sehr extravagante Briefe, ganze Tapetenrollen voll mit Liebesschwüren, beklebt mit Fotos und dazu Tapes mit dem Soundtrack unserer Liebe. Der bestand zu großen Teilen aus Prince-Songs. Immer wieder «When Doves Cry», «The Beautiful Ones» und «Darling Nikki». Ich sehnte mich so sehr nach ihr. Derweil wurde sie von Sascha Hehn angegraben, der in den Drehpausen zur «Schwarzwaldklinik» die Gegend nach willigen Sexpartnerinnen abgraste. Was ihn betraf, hatte ich keine Angst um sie. Sascha war für uns Quatsch auf Beinen.

Die Tage und Wochen flossen zäh dahin, und ich konnte an nichts anderes denken als an sie. Schließlich beschloss ich, sie zu besuchen. Ich packte mir einen kleinen Rucksack, zog meinen eingelaufensten und kaputtesten Türkenanzug an und steckte mir einen Monatslohn in die Tasche. Das waren im dritten Lehrjahr dreihundert Mark. Dann fuhr ich mit der Bahn in den Schwarzwald. Die Leute im Zug beäugten mich misstrauisch, sie verstanden meinen Style nicht, hatten Angst vor mir. Vor ihnen stand ein großer, dünner junger Mann mit gefärbten Haaren und einem zerrissenen blauen Anzug, der vormals einem kleinen dicken Mann gehört hatte. Ich trug eine Spiegelbrille, und die Hose hatte ich mit Sachsband zusammengebunden. Ich rollte auf meinem kleinen blauen Skateboard den Gang entlang und sah meiner Meinung nach sexy aus. Für die Mitreisenden war ich nicht definierbar, weder als Punk noch als Penner. Ich war ein Fremdkörper. Man ging mir aus dem Weg. Und mir ging es genauso. Die Leute waren mir so fremd, ich verstand ihren Style nicht, ihre Schnurrbärte, Mittelscheitel, Stonewashed-Häute, Pullover mit Teddybäraufdrucken, Pianotastaturschlipse, ihre visionslose Egal-Haltung, mir war nichts egal, ich ging ihnen aus dem Weg, sie kamen mir vor wie Zombies. Von Freiburg aus fuhr ich mit einer kleinen Bummelbahn ein steiles Tal hinauf und ging dann zu Fuß durch die Berglandschaft weiter. Das genoss ich sehr, meine Gene (beziehungsweise die meiner bayerischen Vorfahren) bellten mich innerlich an: «Des iss es! Do kommst her, du Hirsch, do gehst wider hi, host me?» Ich fühlte mich glücklich, unbeobachtet von den argwöhnischen Blicken der Schläfer, wie ein Vagabund, mit einem Wort: vogelfrei.

Ich wanderte Stunden durch den Wald und über lang gedehnte Hügelrücken, vorbei an Dörfern unter mir und vereinzelten Höfen, bis ich schließlich in die Nähe meines Ziels kam. Von einer Telefonzelle an einer Bushaltestelle aus rief ich Maria an. Sie war gerade in der Mittagspause und versprach freudig erregt, mir entgegenzukommen. Ich hatte ein Bündel mit Brot und gekochten, in Scheiben geschnittenen Eiern dabei. Auf dem weiteren Weg ließ ich alle paar Meter eine Eischeibe auf den Boden fallen. Als Wegzeichen. Wann würde ich sie sehen, wie würde sie wohl aussehen? Vielleicht hatte sie sich zum Schlechten verändert? Wer kann das wissen? Kommst du umme Kurve, steht da eine, die dir gar nicht gefällt. Und dann? Ich baute auf meine Erinnerung und war mir ganz sicher: Sie war sie. Hinter einem kleinen Felsen führte die Landstraße in einer langen Geraden bergauf, die links und rechts von ein paar Tannen gesäumt war. Am Ende der Geraden erschien sie. Mein Herz klopfte mir bis zum Hals, der Weg war noch so lang. Wie sollte ich mich verhalten, wo hingucken? Die ganze Zeit zu ihr schauen, doof grinsen und winken? Das war mir zu dämlich. Ich schaute auf den Boden, zur Seite, dann immer wieder zu ihr. Sie lachte, wusste aber auch nicht, wie sie sich verhalten sollte. Dieser beknackte lange Weg, peinlicher Weg, peinlich! Wir gingen, guckten auf unsere Füße, zur Seite, nach oben und uns immer wieder an, bis wir nach einer Ewigkeit aufeinander trafen. Was für eine Erlösung, die Nähe wischte die Pein sofort weg, wir verschmolzen. Ich warf die restlichen Eischeiben auf den Boden. Hier war etwas Entscheidendes passiert, das würden Forscher später bei der Untersuchung meiner Eierspur feststellen. Schließlich lösten wir uns voneinander und gingen gemeinsam den Weg hinauf zu ihrem Kinderheim. Wir verschwanden sofort in ihrem kleinen Zimmer und schlossen uns dort ein. Und die Berge und die Kinder und die Zugreisenden und die ganze Welt versanken hinter uns für zwei kurze Tage, die mir wie die Ewigkeit vorkamen.

Nachdem Maria drei Monate später aus dem Schwarzwald zurückgekehrt war, beschloss sie ziemlich schnell, nach Hamburg zu ziehen. Sie wollte raus aus der Kleinstadt, weg von zu Hause, selbständig leben. Das ging mir fürchterlich auf die Nerven.

Kaum hatte ich sie zurückbekommen, da sollte ich sie auch schon wieder los sein. Aber was sollte sie schon in Schmalenstedt anfangen? Und ich konnte nicht einfach mitgehen, denn meine Lehre dauerte noch ein halbes Jahr. Sollte ich abbrechen? Meine Mutter beschwor mich, das nicht zu tun, drohte mir, befahl mir, jammerte mich an. Das könne ich nicht tun, ich würde mir alle Zukunftschancen verderben. Als wenn ich auch nur eine Sekunde darüber nachgedacht hätte, den Rest meines Lebens Töpfer zu bleiben. Aber so gar nicht. Doch ihr zuliebe blieb ich in meinem Gefängnis. Während Maria ihre Sachen packte und nach Hamburg zog, in die Seilerstraße zu Flo und Piekmeier. Dort hatte sie ein kleines Zimmer, in dem ich sie so oft wie möglich besuchte.

In Schmalenstedt war jetzt gar nichts mehr. Die meisten meiner Freunde waren weggezogen oder befanden sich in Beziehungen, die ein normales tägliches Kumpelrumgehänge nicht mehr erlaubten. Die Mädchen standen da sowieso nie so drauf, sie zogen sich ihre Typen aus diesen Jungshaufen und nagelten sie zu Hause fest. Auf jeden Fall gesünder, als in diesen Haufen zu bleiben, denn sie wurden durch einen Kitt aus Alkohol, Drogen, Nikotin, Video und Gewalt zusammengehalten. Wer aus den Jungshaufen ging, war der Verräter, wer blieb, war früher oder später allein. Ich hatte für einen Moment alles verloren und wartete nur noch darauf, dass meine Haft endlich zu Ende ging, dass ich endlich frei wäre, um meiner Liebe folgen zu können und dorthin zu gehen, wo die Action war.

Grauhäutig riss ich die Tage ab, redete noch weniger mit meiner Mutter als vorher, hatte auch sonst kaum noch Austausch. Ab und zu spielten die Amigos auf einer Fete, und am Wochenende gingen wir natürlich auf den Sachsenstein. Dort fand ich spärliche Momente des Glücks am Boden von Guinnessgläsern.

Das Frühjahr 1986 durchkroch zäh mein Leben, ich zählte die Tage rückwärts wie die Bundis ihren Wehrdienst. Schließlich nahte die Zeit meiner Abschlussprüfung an der Berufsschule. Sie sollte, wie alle meine Berufsschulblöcke, in Büsum stattfinden.

Die Fahrt dorthin war immer ein Horrortrip, denn Bus und Bahn brauchten für die läppischen zweihundert Kilometer einmal durch ganz Schleswig-Holstein von Osten nach Westen, von unserer geliebten Ostsee an die bescheuerte Nordsee, sieben Stunden. Die erste Etappe war zugleich die schlimmste. Dieser Reiseabschnitt führte mich von Schmalenstedt mit dem Bus nach Stelling und von dort mit einem anderen Bus nach Neumünster. In Neumünster musste ich immer eineinhalb Stunden auf den Zug warten; zugleich war der Bahnhof der Lieblingsplatz diverser Skinheads und Schlägertypen, die in Neumünster im Knast gesessen hatten und in dieser grauesten aller Städte hängen geblieben waren. Es war äußerst riskant, sich dort als Punk aufzuhalten. Den Bahnhofskiosk konnte man zwar vorwärts gesund betreten, aber nur rückwärts und zahnlos wieder verlassen. Kleine Skintrupps checkten gelegentlich den Vorplatz ab. Ich trug zwar zur Tarnung eine Pudelmütze, aber bei genauerem Hinschauen war ich dennoch sofort als Punk zu erkennen. Meine einzige Rettung war ein Wienerwald in der Eingangshalle, der zwar für mich viel zu teuer war, aber dafür einigermaßen sicher. Widerwillig bezahlte ich das Schutzgeld für die Bockwurst und setzte mich in die hinterste Ecke. Ich hatte meinen Aufenthalt auf die Minute getimt, und wenn der Zug kam, sprang ich aus dem Restaurant, spurtete zum Bahnsteig und hüpfte in den Zug. Mit diesem musste ich nun nach Elmshorn fahren. Von hier aus ging ein Überlandbus nach Heide. In Heide wiederum stand der Zug, der nach Büsum fuhr. Dieser hatte den Nachteil, dass er oft und vor allem in den Abendstunden, wenn ich ankam, mit Rotärschen, also Jungsoldaten, überfüllt war. Das war natürlich meistens ein Spießrutenlauf, denn wer immer Auffälliges sich an so einem Abteil voller Uniformierter vorbeibewegte, wurde mit einem Hagel von Gehässigkeiten überzogen, sie spuckten ihren Frust und ihre ererbte und beim Heer eingebimste Spießigkeit einem wie mir aggressiv entgegen. Wenn sie mich nicht bemerkten, war es interessant, ihren Gesprächen zuzuhören.

A: Eh, Aller, wie geht's dir denn?

B: Ach Scheiße, Aller.

A: Ja, warum denn?

B: Ja, mein Vadder iss grade gestorben.

A: Ouha, hauaha ...

B: Tja.

A: ... Hm.

B: ...

A: Also, dass sone Scheiße passieren muss, nä?

B: Ja, echt Scheiße ...

A: Aber muss Kopf hochnehm ...

B: Ja, logisch.

A: Weissu, mir iss auch schon mal alles Mögliche passiert, ich hadde auch schon Pech.

B: In ech?

A: Ja logisch, Aller, ich hadde schonma was verloren oder so ...

B: Ach ja ... hm.

A: Weissu, ersma ein saufen!

B: Ja genau, Aller, ersma ein saufen, denn wird das schon.

A: Prost, du Sau!

B: Prost, hähähä ...

Solche Gespräche schrieb ich heimlich mit und machte später Hörspiele draus.

Oder ich lehnte mein Gesicht gegen die Scheibe und betrachtete mein verzerrtes Spiegelbild, das mir ausgemergelt und depressiv entgegenstierte, wie ein Geist, der draußen am Zug klebte und sich nicht lösen konnte. Wäre ich nur er gewesen, ich wäre davongeflogen.

Die Berufsschule war genauso schlimm wie die richtige Schule gewesen; ein Willensbrecher, ein Leistungskompressor, ein Unterdrückungsapparat. An unserer Berufsschule gab es drei auszubildende Gruppen: die Schornis (Schornsteinfeger), die Kalunkis (Kachelofenbauer) und die Töpfer (Töpfer). Wir lebten während unseres zweiwöchigen Aufenthalts in kasernenähnlichen Bauten mit langen Fluren, die Mädchen im linken und die Jungs im rechten Flügel, im untersten Flur die Schornis, im mittleren die Kalunkis und ganz oben die Töpfer. Die Töpfer waren die am wenigsten angesehenen, da der Beruf als unhart und weibisch galt, was wohl damit zu tun hatte, dass in den Töpferklassen der Frauenanteil bei 60 bis 70 Prozent lag. Es war kein einfaches Dasein für uns männliche Töpfer. Zum Glück hatte ich ziemlich nette Mädchen und Jungs in meiner Klasse, und außerdem schaffte ich es schnell, durch meine zur Schau gestellte Härte und meinen mir angeborenen Wortwitz auch von den anderen Berufsschülern akzeptiert zu werden. Mit einem der Töpfer zog ich nachts durch Büsum und besprayte alles, was plan und sauber war. Punkgraffiti. Und Hakenkreuze, zur Warnung natürlich.

Wir lernten vor allem Theorie, über die Zusammensetzung der Stoffe, über die Elemente, Formeln zum Mischen von Glasuren und so weiter. Ich weiß nichts mehr davon, gar nichts. Ein an mich unnötig verschwendeter Wissensschatz. Abends wurde der Frust mit Bier runtergespült, und später flogen die Spinde durch die Flure, bis der Heimleiter, ein ehemaliger Boxer, den Stall zur Räson brachte.

Verfluchtes Büsum, noch toter als Schmalenstedt, warum wurden solche Städte überhaupt gebaut? Warum lebten Leute dort? Ja, merkten die denn nicht, dass man sie verarschen wollte? Städte wie Hamsterräder, um die Hamster beschäftigt zu halten, um Energie abzuzapfen für das mächtige, pumpende Herz der Gesellschaft, für den Ball der Löwen. Aber ich würde die Wahrheit schon noch offen legen, ich würde diesen Ball finden, ihn enttarnen und die Türen öffnen für alle Büsumer dieser Welt – nieder mit den Löwen!

Am Tag meiner Abschlussprüfung kamen meine Mutter und Maria mit dem Auto nach Büsum, um mich abzuholen. Ich bestand die praktische und die theoretische Prüfung mit einer 3 – ich war schließlich kein engagierter Töpfer –, und diese 3 reichte aus, sie war der Schlüssel in die Freiheit. Jetzt konnte meine Mutter nichts mehr sagen, ich war beschützt und gebrandmarkt: Hier Leute, diesem Mann kann nichts mehr passieren – er hat die 3 auf der Haut, er ist ein befriedigender Töpfer.

Als vor dem Schulgebäude die kalte Seeluft in meine Lunge drang, die Sonne in meine Augen stach und die beiden Frauen am Fuße der Treppe auf mich warteten, hätte ich vor Freude platzen können. Der Schritt aus dieser Tür war der Schritt in mein neues Leben, in mein eigentliches Leben, jetzt gehörte ich niemandem mehr! Ich war so glücklich, alles war klar, erst Büsum – jetzt die ganze Welt. Wir umarmten uns, ich küsste meine Freundin, dann setzten wir uns in den grünen Volvo, und Mutter lenkte uns ein letztes Mal heim nach Schmalenstedt.

Fine

Epilog

Auf dem Hof vor dem Haus meiner Kindheit steht ein Baum. Seine Äste und Zweige ragen weit über das Dach des Werkzeugschuppens hinaus. Es ist Nacht, ich stehe alleine auf dem Kies und schaue zu dem Baum hinauf. Durch seine kahlen Zweige scheint der Mond mir hell ins Gesicht. Die Nacht ist kalt und frisch. Etwas hat sich in den Zweigen des Baums verfangen. Es sind zwei Gestalten, die dort oben schweben, sie hängen wie dünne Ballons an Seilen, die an ihren Füßen befestigt sind und bis zu den Ästen herunterreichen. Die Gestalten sind lang und weiß, ihre Gesichter schmal und eingefallen, ihre Augenhöhlen schauen zu mir herab, die leeren Münder sind geöffnet. Die eine Gestalt sinkt etwas tiefer und lässt ihr Seil zu mir herab. Ich berühre es, fasse es an und halte es fest. Die Gestalt steigt wieder, zieht an dem Band. Was will sie von mir, will sie, dass ich folge, will sie, dass ich loslasse? Kann ich sie loslassen? Es tut weh. Ich öffne meine Hand, und langsam entgleitet ihr das Seil und schwebt davon. Beide Gestalten lösen sich und steigen in die Höhe. Ein Gefühl von Frieden durchströmt mich. Ich bin frei. Ich weiß, wer diese beiden sind.

Meine Jugend und meine Liebe.

Für:
Mama
Wolli
Björn
Sigurd
Tobias
und alle anderen,
die schon gehen mussten.